骆平——著

# 过午不食
（修订版）

浙江文艺出版社
Zhejiang Literature & Art Publishing House

图书在版编目(CIP)数据

过午不食 / 骆平 著. —修订版. —杭州:浙江文艺出版社,2023.4

ISBN 978-7-5339-7156-4

Ⅰ.①过… Ⅱ.①骆… Ⅲ.①中篇小说 – 小说集 – 中国 – 当代 ②短篇小说 – 小说集 – 中国 – 当代 Ⅳ.①I247.7

中国版本图书馆 CIP 数据核字(2023)第 020030 号

图书策划　柳明晔
责任编辑　王　挺　张　可
营销编辑　宋佳音
数字编辑　姜梦冉　诸婧琦
装帧设计　朱　琳
版式设计　吕翡翠
责任印制　张丽敏

# 过午不食 (修订版)

骆平 著

出版发行　浙江文艺出版社
地　　址　杭州市体育场路347号
邮　　编　310006
电　　话　0571-85176953(总编办)
　　　　　0571-85152727(市场部)
制　　版　浙江新华图文制作有限公司
印　　刷　浙江省邮电印刷股份有限公司
开　　本　880毫米×1230毫米　1/32
字　　数　150千字
印　　张　8.25
插　　页　5
版　　次　2023年4月第1版
印　　次　2023年4月第1次印刷
书　　号　ISBN 978-7-5339-7156-4
定　　价　59.80元

目录

譬如朝露

一

　　恋爱闹到了一定的份儿上,不是结婚,就是分手。这是普遍的规律。但在大学校园里,不太行得通。常常是,小火细煨地爱上那么一段,分分合合、不问始终,极少极少会往结婚的路子上去凑合去琢磨。

　　是,从国家法律的层面来衡量,仿佛没什么障碍。教育部的规定是,大学阶段可以结婚生孩子,很人性很光明,却又似北极的冰雪,太宏大太厚重了,若是不管不顾地用来消暑,纯属自掘坟墓。想一想，年纪倒是成年了，阶层却是被豢养者，被爹妈供养着、老师管束着，心智与养家糊口、成家立业什么的毫不搭界，在这样的状态下结婚吧，那就是一头扎进了茫茫大雾，前头不知是悬崖，还是陷阱。

故事开端时，梁三思和程穗这对小恋人就走到了爱情的岔路口，他们遭逢的麻烦是，究竟是浅吟低唱、云飞雪落地一路慢慢爱下去，还是痛痛快快、斩钉截铁地扯证结婚。到了他们这儿，结婚这概念，已经有了钢铁般的属性，坚冷、生硬。

其时正是一年当中最温暖也最慵懒的季候，杜鹃花开到了烂醉，密密簇簇的花瓣拼尽全力撑到了极致，反倒失了真，与根茎无关似的，像摊开在阳光下曝晒的巨大的调色盘，从轻浅的微红渐次加深，直至惊悚的烈焰。梁三思和程穗就坐在那只调色盘的边缘，一张隐秘于花丛背后的石板椅上。在这张石板椅上，他们仓皇失措地面对着迄今为止出现在人生中最大的一次悬念，最严重的一次危机。

这是一所位于省城的二本高校，校园中生长着繁多的植被与花草，同时生长着无数生意盎然的男女情事。梁三思和程穗便是其中的片段。他们的恋情谈得乏善可陈，遭遇的危机也乏善可陈——恋爱从小清新谈到了重口味，从精神层面谈到了感官欢愉，麻烦就来了，他们搞出了人命。

他们决定结婚。

此刻,他们就坐在石板椅上,像两个交换情报的地下工作者一样胆战心惊、掩人耳目地讨论着他们的终身大事。原本,两情相悦、男婚女嫁,再寻常不过。况且,男23,女21,都过了国家法定婚龄。再翻一翻让人脸红心跳的生理卫生书籍,结论是,身心发育稳步进入繁衍生息的成熟期。

但是,这身份简直要人命。梁三思,学生证上标注的是研究生一年级。程穗,本科第三年。"学生"这俩字儿,就像一面诡异的照妖镜,凭你多么老练世故圆滑狡狯,凭你多么神采飞扬得意忘形,亮光一闪,即刻打回原形——学生呀,小孩子,凑什么热闹,混什么江湖? 乖乖待一边儿去!

当然,这倒不是什么本质的阻碍,研究生和本科生闹结婚,听起来是嫩了那么一点儿,不过远远算不得惊世骇俗。新闻里还有大一新生腆着大肚子报到注册顺便请产假的呢,还有大三女生生二胎,儿女双全的呢——程穗学的专业就是广播电视新闻,她知道,所谓新闻,那就是小概率事件,做不得准。

因此,对于结婚,他们惊恐得要死。不结吧,程穗肚子里多出来的部分该咋整? 结与不结,都要命。

其实最初,他们对怀孕这件事的认知是,月经不调。梁三思是个细腻的男伴,他从网上找了一家私立妇科医院,领着程穗,转了两趟公交,到了那间装潢陈设貌似五星级宾馆的医院。从挂号到问诊,他们的确享受着私密而惬意的服务,在喝完一杯免费咖啡以后,程穗被空姐打扮的导诊小姐领进了诊室。

妇产科大夫是个眼露精光的老太太,让她躺检查床上,做完了难受得要命的手诊,一边洗手一边冒出一句:"有性生活吗?"这话问得风轻云淡,像问"您吃了吗?"一样稀松平常的调调。程穗却是一愣,脸上一阵一阵发烫,她深吸了一口气,用低得不能再低的声音回答:"有⋯⋯"老太太似笑非笑地盯着她:"这孩子要吗?"孩——子?程穗差点跌一大跟头,什么孩子?俺这不是来看月经不调的吗?老太太心里有了数,追问:"结婚了吗?"程穗嗫嚅:"没⋯⋯"这问题是越来越离谱了,程穗觉得自己进入了异度空间。老太太唰唰开单子,麻溜地交代:"孩子不要是吧?得,先去验个血,确定一下有没有性病,妊娠联合性病的话,人流费用是要翻番的,没有结婚证得额外交两千块保密费——放心,我们医院的病人信息概不对外,就算警察来咱都不会给!你可以顺道了解了解咱这儿的处女膜修复术,技术一流,做过的都说好,往后你需要的话,老客户咱打五折⋯⋯"

程穗几乎是落荒而逃。

他们不敢再去医院了,在离学校挺远的药店里买了一根验孕棒,回到学校里,坐在这杜鹃深处的石板椅上,对照着说明书捣鼓。程穗去了一趟公厕,回来以后,哆嗦着将验孕棒递给梁三思。面对着那根小小的验孕棒,梁三思不假思索地将程穗搂进怀里,这样做,仿佛就能避开那两道刺眼的红蓝之色。在梁三思骨头多过肌肉的怀抱中,程穗顿时涕泪长流。她的眼泪像一场大雨,将梁三思胸前的衣襟湿得透透的,那些水分长驱直入,将他的心脏浸泡得无限膨胀无限酸涩。在膨胀与酸涩之间,他忽然变得大义凛然,带着壮士一去兮不复还的豪情壮志,快刀斩乱麻似的对程穗说:"别哭了,咱结婚去!"

梁三思声音挺大,听得程穗浑身一震,都忘记了哭,傻傻地望着梁三思,她压根儿就没想过这世间还有这样一种解决怀孕问题的方法。

如果梁三思的话算作是求婚的话,他还真没想过程穗会是怎样的反应,但假如给他足够的时间去设想,打死他都不会想到程穗脱口而出的回应居然是:"我知道,这也不能全怪你,要怪,都怪那该死的套儿!"梁三思有点儿蒙,原来程穗是把结婚当成了他赔罪的方式。

是这样的吗?细想一想,好像程穗的逻辑也是正确的。面对怀孕,程穗惧怕,梁三思惭愧——尽管他们都是90后,是接受过性科学教育的一代,欢好之时,避孕套全程参与,至于是在哪个环节出现了纰漏,实在是不得而知。但毕竟,我不杀伯仁,伯仁却因我而死,梁三思知道这一事故跟自己脱不开干系,一个橡胶套儿掩护不了他的罪咎,体内分泌旺盛的雄性激素带来了双重的效果,巅峰的快感与致命的后果。

一开始,梁三思的求婚确实带有负荆请罪的意思,后来,就变成了解决问题的有效途径。首先,对于那个有碍月经来潮的小细胞,堕掉是必须的。简直没有第二种考虑。然后,就是如何实施这一步骤。这是整桩意外的制高点。私立医院是坚决不去了,那地儿像是经过了特效处理,程穗进去的时候,颜面完整,出来的时候,脸上薄薄的皮肤不知被谁给扒拉掉了,空余下一堆白骨。况且,在一切的文学作品、影视作品乃至网络碎片中,一旦出现堕胎情节,一定有戏,还一定是惨剧。小诊所、无良大夫、违规操作、大出血、休克,乃至死亡,这一连串的关键词,构成了一颗来自远方的原子弹,悲催地捣碎了一对又一对情侣风平浪静诗情画意的恋爱生活。

面对爆炸过后的满地残骸,程穗像一头受伤的兽,哀哀哭泣、满眼惊骇,而梁三思则成了虚拟空间里顶天立地的巨人,双臂强劲、擎天而立。他真诚而坚定地进行着求婚的仪式,他的仪式,不是玫瑰香槟,不是钻戒豪宅,而是摆事实讲道理,所有的动因旨在说服程穗到正规的公立妇产科医院,进行规范的流产手术,确保人身安全,以期避免成为网站上一个让人扼腕叹息的新闻事件。

程穗对堕胎很抵触，她虽然从头至尾没想过留下孩子，但核心问题在于，一旦堕胎，无异于将自己的尊严交由大夫蹂躏。私立妇科医院那个老太太实在太强悍了，就那么一次，就能让程穗患上堕胎恐惧症。

面对着躺在手术床上抖得跟片落叶似的年轻女子，大夫即使不推销处女膜修复术，起码也会津津有味地猜测，这是小三，还是被强奸？程穗泪盈于睫地模拟着大夫的种种八卦心理，却让梁三思差点笑出声来，想着程穗就该去学编导专业，这水平，编剧本都够了。床上那点儿破事，大夫有那么感兴趣吗？就连千百年前保守到长袍加身连脚丫子都恨不得遮住的老祖宗都发过话了，饮食男女，人之大欲存焉。人家大夫什么没见过？梁三思无法提出异议，祸是他跟避孕套一块儿闯的，避孕套追不了责，他却跑不了。好吧，解决的法子当然就是结婚，不管大夫好奇不好奇，一本盖着钢印的结婚证"啪"地搁人家桌上，然后就此处无声胜有声了——甭瞎想了，俺有证，俺有权利任性，俺不需要保密费更不需要那见鬼的修复术，打胎的原因嘛，就是因为想打胎，没别的！

得知怀孕的噩耗以后，对于这一场景的痛快畅想让俩人第一次情投意合地依偎在一起，梁三思亲吻了程穗，程穗顺从得像一只毛茸茸的小白兔，只是在梁三思情不自禁跃跃欲试地想做点儿什么之时，程穗才轻轻地阻止了他，尽管是拒绝，然而那眼神仍然跟小白兔似的，充满了食草动物特有的温柔与怯弱。事后，每当梁三思后悔结婚这一决定时，就会用那个一晃而逝的、近乎虚幻的兔子形象安抚自己脆弱的、备受打击的小心脏。

梁三思并不知道，蜷缩在他怀里的小白兔已经暗暗把各路神仙骂了个遍，她这是有多背，她就想好好恋个爱。结婚，那是多么遥远的事儿。在她看来，青春距离衰老有多远，恋爱距离婚姻就有多远。用结婚来解决堕胎的困境，算不算得上是饮鸩止渴呢？

程穗说服不了自己。她是怀着濒临绝境紧闭双眼纵身一跳的决然，底下是繁花还是泥淖，是生存还是死亡，她已经管不了了。相反，自始至终，梁三思看起来都很平静。这平静，让程穗横生猜疑，究竟是阴谋得逞后暗自得意的平静，还是挣扎无效后的认命？这道题目的难度系数，足以让程穗望而却步。

他们在石板椅上一坐就是大半天，错过了午饭和晚饭，对于结婚的进程始终没有讨论出一个具体的眉目来。程穗模棱两可瞬息万变出尔反尔优柔寡断的态度让梁三思有了轻微的不耐烦，他很想问她磨叽个什么劲儿，嫁给他梁三思有那么憋屈吗？纵然他亦是从未想过自己会这么快就要拥有一个妻子。妻子，听听这称谓，又严肃又古板，还土气，土得直掉渣儿，土得盖了帽了,立马就能跟缝纽扣、刷马桶、捅煤球之类的图景联系起来。不过,无论有多荒谬,他还是愿意娶她为妻,这份比山高比海深的无私奉献勇敢牺牲的豪迈精神,把他自个儿都震撼住了,程穗她怎么就视而不见呢?

眼下,梁三思想不出有什么法子可以替代结婚,因此他不想在这个环节上横生枝节,他带程穗离开了那张石板椅,去校门外吃冷淡杯,要了几听啤酒,一气灌下一听,憋着劲儿,将空罐子"咔嚓"一声捏瘪,嘴里喷着轻微的淡淡的酒味儿,跟她说,有什么可纠结的? 搁旧社会,人家小姑娘十三四岁就上花轿了,你这都晚七八年啦! 程穗没说什么,她看得出来,他是用酒精来拼命支撑着自己羸弱的、忐忑的、全无把握的坚持。这份坚持,让她心疼。他喝酒的样子,也让她心疼。还有他的眼神,那眼神里同时住着一个男人的霸气和一个孩子的畏怯,这些,都让她的心疼得发慌。

她决定不再为难他。不就结个婚吗? 屁大点儿事,结就结呗,谁怕谁啊? 大不了一个死。程穗横下心来,突然觉出饥肠辘辘,她大口塞着食物,口齿不清地说:"你定个日子吧。"

## 二

日子定在 4 月 2 日。愚人节的第二天。绵长的细雨已经下了两天两夜。选在这一天,理由无他。算来算去,逃课的成本最低廉。梁三思全天无课。程穗只有两节,可以请病假。在请同班女生转交的假条上,程穗编撰的理由是痛经。天知道,她的大姨妈早就爽约了。

程穗在密集如子弹般的梦境中度过了婚前的最后一夜。她梦见了无数的棉花垛,它们呈现出废墟般的灰色,凌乱、肮脏,成片成片地漂浮在同样灰白凝滞的水面上。程穗小心翼翼地躺上去,一种类似飓风抑或漩涡的巨大力量呼啸而来,将她紧紧吸附住。她发现自己衣履尽失、动弹不得,仿佛临盆的胎儿,被卡在子宫通往阴道间最为狭隘的一段骨盆处,而隐藏在棉花垛深部的新鲜蔬菜种子随着她的重力弹跳出来,一些稚嫩直立的笋尖仿佛幼童的生殖器,紧致的绿豌豆犹如少女初萌的双乳,它们或轻或重地撞击着她赤裸的皮肤。

雾霾深浓的天空悬浮在很近很近的地方,低垂的云层缓缓掠过,无数脑袋探出其间,有蛇,有老鹰,有螃蟹,还有很多她不认识的动物,目光炯炯地瞪视着她一丝不挂的身体。奇异的是,她的内心对这一切毫无畏惧,毫无羞耻。

终于,程穗被清晨女生宿舍杂沓的声响惊醒,头疼欲裂地想起她和梁三思约定在校门外的公交站见面。她一边快速刷牙洗脸,一边回忆着那些乱糟糟的富有隐喻色彩的三千乱梦。这些梦境代表了什么？在赶往公交站的路上，她用手机搜索网上的周公解梦，然而她立刻发觉自己找不到关键词，是棉花垛，是蔬菜种子，是动物，还是她的裸体？她尝试逐个输入，结果得到了一大堆南辕北辙的神谕。她突然想到了即将步入的婚姻，那里头到底蕴藏着怎样的核心，是爱情、性、金钱、子嗣、心灵的对话，还是牵丝攀藤的两大家族各方势力的融合？不同的词汇将会把她带往何处，对此，她一无所知。

远远地，她看到梁三思一脸茫然地伫立在站台上，全无表情的侧面把他跟身边的人群区分开来，看上去他就像一尊板结的石膏人像，又或是蒙着丝袜打劫的强盗，五官消隐在一团迷雾中。程穗心里瞬间生起一个可怕的念头，她将要嫁的，是一个蒙面之人。

程穗忍不住放慢了脚步，忽然有些心慌意乱。此时伫立在街边不知所措的梁三思，与求婚时那个既笃定又慌乱的男人是多么的不同。

那个让程穗疼惜的梁三思，是程穗能够把握的男人，而置身于浩瀚街市中的梁三思，眼神空洞，整个人似乎无着无落，像一根随波逐流的浮木，让穗感到极度的惶恐，她的重量，不是只会让这根原本就轻飘的浮木彻底覆灭吗？

幸好梁三思已经看到了她，朝她走过来，伸手接过她的包，将她瘦削的手握在自己汗湿的掌心里。这一连串熟极而流的动作，拯救了程穗的彷徨，让她安下心来。

坐在公交车上，梁三思谄媚地递过来一只大肉包，油浸浸的，程穗立马就犯了恶心。她厌烦地推开包子。梁三思赔着十二万分的小心，又从兜里拿出一盒她平时最喜欢喝的常温酸奶。那份小心，让程穗没来由地烦躁起来，难道他就不能用别的方式来表达歉疚？他的道歉方式，表面看来，好像无懈可击，有责任有担当，有勇有谋，有情有义，光明磊落顶天立地，可是，总有什么地方是不对的，每一步，都不对，每一步，都不在节奏上。譬如，此刻他眼角残存的眼屎，显然是起床以后用干毛巾胡乱一蹭，还有他旁逸斜出的鼻毛，就不知道提前修一修！有这么对付大日子的吗？

程穗接过酸奶，拉开梁三思斜挎包的拉链，塞了回去，大庭广众之下，这种平静的拒绝，往往更能刺痛对方。程穗心里浮起来的狠劲儿，把她自己给吓了一跳。一夜之间怎么生出了这么多毛刺刺的情绪？

尽管搭的是早班车，两趟车倒下来，到了民政局，进大厅取了号，前头竟然已经有了好几对男女。他们找个角落坐下来，陆陆续续又来了好些人，都是成双成对的。天下着雨，进来的人忙着收拾雨伞、整理衣裳，每个人似乎都沾了些湿意，面目模糊而水雾氤氲，无端端的，程穗心里头就生出一种兵荒马乱的感觉。程穗有些小迷信，雨天总不是什么好兆头，偏偏梁三思不凑趣地开口："人还真不少，也不是什么黄道吉日啊。"程穗就抢白他："兴许人家是来离婚的!"梁三思觉出了她语气里的剑拔弩张，胳膊绕过来，环住她，将她的头放在自己的肩膀上，程穗不领情，也并不拿开他的手，一低头，一弯腰，不知怎么就从他胳肢窝底下钻了出来，跟武侠小说里练了缩骨术似的。

一条滑溜的鱼。这意象从这一刻开始牢牢攫住了梁三思，让他在进入婚姻的最初刹那，便感到了某种类似于池塘般的生态环境，水流、漩涡、藻类植物，以及充斥着吞噬与残杀的生物链。

娶一条鱼做老婆，这事儿有些疯狂有些失控。恋爱谈了两年多，吃饭看电影上自习开钟点房，样样不落，他们对彼此的肉身烂熟于心，在梁三思看来，这就是生活的全部。伴随他左右的这个身形柔软眉目秀气的女子，略有些小执拗小脾性，但绝对处于可控状态，譬如一条新摘的黄瓜，青葱、爽脆，怎么都不会像一条鱼缸里或是案板上噼啪弹跳的鱼。

全乱套了。梁三思暗自叹口气，在心里对自己说，程穗这是恐婚，自己何尝不是?

领证倒很顺利。

梁三思做足了功课,百度了区民政局的地图,在网上查询了需要准备的证件。两人的出生地都在小县城,上学的时候就把户口转进了学校的集体户口,这回谎称要买房,从学校开出了户籍证明,再加上身份证,OK!

这过程说起来也就三言两语,其间的逶迤迂回曲折蜿蜒,其间的暗流涌动飞沙走石,都在两人的心里。

在婚姻登记处等待叫号的程序,跟公立医院十分相似。两个小时以后,这对小夫妻兜里揣着两本红通通的结婚证,坐在了大厅里,取了号,重新等待叫号。

这里是三甲医院。

依然在下雨。医院里的空气却十分干燥,像有一堆火旺旺地烤着,来来往往拥挤的人流身上眼里丝毫没有濡湿,每个人都脚步匆促,擦身而过的瞬间,轻触的衣襟仿佛能�<200c>嘻嘻嘻蹭出幽蓝幽蓝的火花。程穗的嗓子眼里快要冒出火星儿来了。

终于轮到程穗了。诊室里不允许男士陪伴。鉴于程穗在私立医院的狗血遭遇,进门前,梁三思不知该做什么,手足无措地在程穗的发梢吻了吻,他是打算亲吻嘴唇或脸颊的,临时改了主意,这吻就变得指向不明,草草落在了程穗靠近头顶的地方,偏偏梁三思还画蛇添足地伸手摸了摸她的头发。程穗乐了,他以为他是谁?释迦牟尼?用这样的姿势就能赐予信徒能量与好运?

这些话在出了诊室以后程穗硬邦邦地抛给了梁三思,她本来是特别想笑的,结果说出来却是刻薄而奚落的语气。效果立马两样了。

"还真把自个儿当男神了!"梁三思的耐性就在程穗的这句嘲笑中丧失殆尽了。他淡淡地回复:"怎么会是男神呢?胎神罢了。"此言一出,他竟生出一点悲凉,那是一种特别陌生特别悠远的意绪,让他想起高三毕业的那一年,毕业班组织的一次近郊旅行,暮色苍茫,篝火熊熊,夏日清凉的溪涧边,他看到当时暗恋的女孩与同班男生在蒿草间牵手而行,渐行渐远。那个纤细的背影,在他心里催生出的,便是类似的感受:仿佛失去了一件弥足珍贵的东西,而且,永远不复再见。

梁三思从来就不是多愁善感的主儿,他被自己给吓了一跳。明明到手一个千娇百媚的老婆,怎么会有丢了魂儿的感觉?

程穗没容他想清楚,怒目以示:什么意思?跟我结婚后悔了?梁三思说,我没那么说。程穗说,你就是这意思!梁三思说,我不是!程穗说,你就是!梁三思说,我说了吗?我哪句话说了?程穗说,还用等你直说?我又不是傻子聋子瞎子!

一场鸡生蛋还是蛋生鸡的伪命题大战就此揭开序幕,战争的结果就是,程穗掏出包里一切能够抛掷的物品,砸向梁三思。

先后计有：

粉盒。粉盒里面镶嵌的小镜子碎了。

口红。一管开启不久的粉银色口红不偏不倚地插进路边泥地，笔直站立，犹如雄性生殖器(程穗想起梦境里仿若男童生殖器的蔬菜种子，真实的与幻象般的符号让她脑子里一片混乱)。

结婚证。结婚证安然无恙。

钱夹。纸币找回来了，若干钢镚儿散失在下水道、街角旮旯等处，从此天涯陌路。

手机。一部小米手机主板坏掉了，送到维修店里，人第一句话就是：自己给砸的吧？

鏖战的后果还有，梁三思头一回发现程穗怎么有暴力倾向呢？吵架怎么还动手了呢？他率先冷静下来，赔着笑脸，一边把满地物件拾掇起来，一边忍不住把这层意思表达出来，泪流满面的程穗再一次炸了，程穗夺过结婚证，抬手就要撕，口中吼着："反正也没用了，离婚去！"

三

婚是没有离，结婚证也被梁三思妥妥地收起来了。他说的是："别呀，撕了可怎么离婚？离婚得用结婚证的。"梁三思打叠起软语温言抚慰盛怒中的程穗，这已经是他的合法妻子，不知怎么的,那比巴掌略大的硬壳证书让他突如其来地产生了一种产权归属感——在车水马龙、茫茫生烟的浩瀚尘世里,眼前这野蛮女友,已经堂堂皇皇地属于他,跟别的那些馋涎欲滴的雄性动物半毛钱关系都没有了,也不允许有! 这一念之间种下的物权意识,立马让梁三思的心软得无力跳动,而那两本结婚证在他眼中也变得神光普照起来。

其实这俩红本本儿已经在领取的当天下午,在医院的妇产科诊断室里,完成了它们重大的历史使命,可以封存箱底了。

他们办理结婚手续的目的本身就很明确,为的是证明已婚身份,然后合法地、体面地、安全地堕胎。梁三思把他的纤弱敏感的小妻子的强大的自尊交给了这本庄严的结婚证书。当程穗迈着极其不安的脚步进入妇科诊室,那一刻,结婚证带给了独自等候在门外的梁三思无限放大的安全感,仿佛有了这玩意儿,程穗就不会遭遇白眼、遭遇疼痛、遭遇危险。他把即将面对的一切都交给了这个护身符。

剧情却没有朝着他们预想的方向发展。首先,程穗没有机会掏出她的结婚证。这里与她的揣想有天壤之别。私立医院里挤挤挨挨的花草、不绝如缕的钢琴声,在这儿全变成了人与人声。她没想到诊室会如此拥挤,简直跟候诊区没什么区别,大夫、助手、就诊的、陪护的,将一间狭小的房间挤出了摩肩接踵的效果。大夫没戴口罩,却跟戴了一张人皮面具似的,绝对的零表情,平均五句话结束一次问诊,压根儿就没有私立医院那老太太絮絮叨叨的询问。程穗怀疑大夫连她长什么样儿都没看清楚。

接下来,对于程穗鼓足勇气提出的"人流"两个字,大夫的反应不置可否,低声吩咐坐在电脑前的助手开单子。没等单子打印出来,人家大夫已经接诊下一个患者了。

程穗捏着单子出了诊室,梁三思跟接到圣旨一般,屁颠屁颠跑去缴费,程穗则跟待宰的羔羊似的,紧张而茫然地站在案板前瑟瑟发抖。此时,她方觉出了冷。暮春天气,不过略略落了些雨,这一刻,在她心里倒像是大雪纷飞的冬天,茫茫无边的雪地,漫无边际的寒意,转瞬就会将她整个儿吞噬掉了。

缴完费,两人对着那一叠收据面面相觑,什么血液、尿液,还有 B 超单,加起来将近一千块钱了。这不是来做人流手术的吗?这么多检查,敢情是烧钱?原本计划得好好的,上午领证,下午到医院做手术,梁三思连学校附近的日租房都定下了,接下来的三天学校举行春季运动会,加上周末两天,一共五天,程穗可以好好调理调理。梁三思还在菜市场买了两只乌骨鸡,存放在房东的冰箱里。万事俱备,只欠手术。

"别是……弄错了吧?"梁三思有点蒙,他银行卡上的存粮并不富足,这一趟手术加房租什么的,可是他大半学期的生活费。

程穗怯生生地不敢去问那位眼皮都不抬的大夫,梁三思只好壮起胆子,到咨询台边,找了一个看起来很年轻的小护士打听。

"做人流就不检查了?不做 B 超,那要是宫外孕怎么办?那是要大出血的!弄不好还要死人的!"小护士的嗓音清脆玲珑,惹得路人侧目,梁三思差点儿上前捂住她的嘴。

该做就做呗,问题是,今儿还做不成,得预约,一排队,要到明天下午临近下班的时段才能做上,当天肯定指望不上手术了。

这就全乱了。

站在医院门前的台阶上,梁三思和程穗对望一眼,两个人脸上都是灰色的,就连眼珠子都蒙着一层淡淡的灰,就像两个溺水者,濒临窒息。

那一天接下来的辰光过得更是荒腔走板,梁三思最初的安排是做完手术以后,用手机上新下载的滴滴打车叫辆车,把程穗领到商场里,花上一千来块钱,给她买一枚婚戒。人家花骨朵儿似的女孩子跟了他,为了他承受手术之痛,就算他给不起一场盛大的婚宴,但一颗最小最不起眼的戒指还是必须要有的。在梁三思看来,这戒指,与风花雪月的浪漫无关,这是身为男人最起码的礼仪与修为。

手术做不成了，突然空出来一大把时光。梁三思一咬牙，还是带程穗去了商场。买戒指的钱交纳了检查费，看看总成吧，挑好了，等期末奖学金拨下来，再来兑现。

珠宝柜台前人烟稀少，销售人员无所事事，梁三思和程穗的出现让她们找到了奋斗的方向。几位化浓妆穿小窄裙的美女簇拥着他俩，莺莺燕燕地夸奖着程穗的手指，什么纤细啊修长啊白皙啊，问程穗是不是钢琴家，把程穗的一双手夸得天花乱坠，总之是太适合也太需要戒指来锦上添花了。商场里白昼也亮着灯，明亮的光线散落在各类首饰上，益发璀璨耀眼，有一瞬间，程穗觉得自己的身体忽然消隐在这一大片炫目的灯光中，只剩下十根手指头，带着一股子睥睨群雄的文艺范儿，优雅地、从容地，从光芒深处款款行来。

不过，他们的待遇很快就一落千丈。那些销售小姐最善于察言观色，见程穗心神不宁，梁三思又是一副底气不足的样儿，态度先就冷淡了不少，紧接着又来了一对选婚戒的年轻夫妻，立马跟打了鸡血似的，扑向那一对，梁三思和程穗就被晾在了一旁。

那对夫妻高调秀恩爱，干什么都搂一块儿，紧得没一丝空间，跟连体婴儿一般。偏偏男的打扮得十分伪娘，说话声音能滴下蜜来，比女的还要哆，下手却是豪气十足，麻溜地指着柜台说：

"这个,这个,还有这个,那个,那个,还有那个,全拿出来试试,合适就开票,咱全要了。"销售小姐笑得桃花灿烂,逐一伺候那女的试戴,把刚才奉承程穗的话复制一遍,那女的倒大方,尽管手形跟她的身胚相称,都是香肠型的,她不仅对所有的谄媚照单全收,还附带娇滴滴来了句:"老公,以前有人相中我去做手模呢。"男人的回答是深情握着女人的手,"啪叽"一口亲吻,加一句:"亲亲的老婆,俺就是喜欢你这双手,多性感哪,所以,老公要给你买六枚结婚戒指,上班戴一枚,下班戴一枚,睡觉戴一枚,起床戴一枚,今年戴一枚,明年戴一枚……"男人的话顿时赢得销售小姐的惊呼与崇拜,就差当场给他授了一枚"中国好老公"的勋章。

梁三思哆嗦了一下,程穗察觉到了:"你怎么了?"梁三思小声说:"这地儿有没有扫帚?"程穗不解:"要扫帚干吗?"梁三思说:"掉这一地鸡皮疙瘩,你没看见?"他的冷幽默换来的不是程穗心领神会的莞尔一笑,而是一个冲动的决定。

程穗原先光秃秃的手指上正试戴着一枚戒指,她叫过一位销售小姐,问道:"在哪儿交费? 这戒指我要了!"梁三思顿时大脑黑屏,脱线三秒。他眼睁睁看着程穗掏出一张银行卡,大义凛然地朝着收银台走去了。他盯着程穗像刘胡兰慷慨赴死一样的身影,蓦然听见一阵聒噪的蝉鸣,很是诡异。这是春天,商场里连空调都没开，哪里来的知了？

　　戒指的价格和它的款式一样普通，一千多块，跟梁三思的预算不谋而合。但是，钱是程穗付的，程穗花掉了接近两个月的生活费。这还在其次，最核心的是，婚戒，是新娘子自个儿掏腰包买的！

　　在返校的公交车上，他们几乎一言不发，各怀心事地望着车窗外嘈杂的街市。程穗在想些什么，梁三思不得而知，他满心都是纷纷扰扰的错乱情绪，这个下午，他就像一只惊弓之鸟，又像是明明准备了英语考试，进了考场，试卷发下来，发觉考的是计算机，就是那种感觉，深度恐惧，吓得就快要尿裤子了。

　　正值下班高峰，车厢里非常拥挤，梁三思拉着吊环，用身子护着程穗，两人贴身而立，却仿佛有着山重水复般的距离。经过岔路时，迎面一辆货车违规越双实线而来，公交车急刹车，程穗一个趔趄，梁三思牢牢抓住她的胳膊。车子颠簸了一下，重新启动，平稳地向前驶去。

　　梁三思的手没有再放开，他改变了姿势，一只手拉着吊环，一只手拽着程穗。他的掌心很热很热，透过好几层衣物都能感受到他的温度。上车的人越来越多，梁三思的手心也越来越热，热得有些发潮。公交车正经过一条老街，街道两侧种着大棵大棵的行道树，是国槐，白色芬芳的花朵坠落纷飞，满街都是香气，那香,浓醇烂醉,在温润的风里散溢着,竟至有了些忧伤的意思。

没来由的,程穗的嗓子哽了一下,这一刻,于千千万万的路人之中,他们结伴而行,路途中,不断有人上车下车,却只有他,这个男人,是她的——呵不,同时属于她的,还有暂时待在她肚子里的胚胎,年龄是 6 周,据说,已经有豌豆大小,有了心跳。这是程穗就诊时在诊室门外的宣传画上看到的,这样的介绍让她对腹中的异物有了直观的了解,了解的结果是,她能够具象地想象这个入侵者的面貌。从体积上来看,剥除一颗豌豆粒应该难度不会太大,问题是,会很痛吧?会流很多很多的血?程穗打了个寒颤,面对身体里这名从天而降的敌人,身旁的梁三思骤然有了同盟军的意味,程穗靠着他,不再有疏离感,而是一种相依为命的踏实。

## 四

梁三思很早就醒来了,他昏昏沉沉地睁开双眼,眼睛却突然狠狠地痛了一下,像在深海潜水的时候,被某种生物尖锐的触须给蜇了。

他看到桌上的首饰盒。盒面是丝绒的,稳重而内敛的暗红色,不带侵犯性的。但是,在每个彷徨苏醒的清晨,它都像一柄图谋不轨的匕首,耐性十足地、不动声色地潜藏在温淡的天光中，只等他睁眼的刹那，朝向他，拼尽全力飞刀而出。

　　他一动不动地看着那只盒子，那种灼热的挑衅渐渐有了强弩之末的虚怯。枕边的呼吸声发生了细微的变化。程穗也醒过来了。初醒的程穗没有动弹，梁三思知道她的目光落在相同的地方。

　　梁三思没有说话，程穗也没有。他们长久地凝视着红色的首饰盒。时日一长，这动作仿佛具有庄严的仪式感，仿佛有了类似宗教般的神秘与坚守。

　　盒子里盛放着婚戒。程穗花钱买来的婚戒。就放在房中唯一的一张桌上，与乱糟糟的餐盒、手提电脑、Kindle（电子书阅读器）、洗面奶、餐巾纸并身而立。

　　程穗一直没有戴上戒指。她甚至没有再打开过盒子。梁三思一直惦记着要把这一笔小小的钱给补上，可是，他竟然一直没办法补上。

　　现在，程穗已经怀孕10周了。从6周到10周，胚胎从豌豆变成了扁豆荚，甚至有了手指和脚趾。程穗知道，扁豆荚生长得很快，会变成硕大的苹果，变成沉甸甸的哈密瓜。这样的生长，让她无计可施。她只能睁一只眼闭一只眼。她只能听之任之。

　　手术没有做成，而且，以后也做不成了。程穗必须把孩子给生下来。她做了好多次检查，各式各样的检查，每一次的检查都让战争的严重程度直线般嗖嗖嗖地往上蹿。

先是双孕囊。好好地做着 B 超,大夫突然把房间里的一帮实习大夫都叫了过来,几个人团团围住程穗,脑袋凑近屏幕,观看着什么。探头所触及的,到底是什么妖怪?程穗毛骨悚然,有一刹那,她甚至觉得被众人审视与瞩目的腹部已经脱离了自己的身体,成为一个独立的物件。B 超单上的几个字让程穗一头雾水,她胆怯地问大夫什么是双孕囊,得到的是鄙视的目光。梁三思作为家属被叫进了诊室,宣布双胎堕胎的手术风险。结婚证依然没用上,程穗说明自己已婚,大夫便视同为已婚,没人验明正身。

大夫让他们考虑清楚了再来,毕竟是双胞胎。他们也的确需要一点时间来消化这个事实。一粒扁豆荚变成了两粒扁豆荚,到底意味着什么呢?梁三思沾沾自喜地在程穗耳边念叨:"咋样?我这功力非比寻常吧?一炮双响呢!"程穗回敬他的是一个白眼,双胞胎怎么啦?反正都不要,这不是浪费表情吗?

所谓的考虑,就在梁三思的不断嘚瑟与程穗做足了承受双倍痛苦的心理预期以后结束。程穗亲手签下了术前知情书,躺在了手术床上。

那是骤然暴热起来的暮春,手术室里的空调开得很足,躺在窄窄的手术床上,程穗冷得上牙磕下牙。麻醉师坐在程穗头顶的位置,摆弄着一些仪器,耳朵里塞着耳塞,应该是在听音乐。这是个很瘦很瘦的男人,在他戴上口罩以前,程穗闻到他口腔里辛辣的洋葱气息。程穗闭上眼睛,等待麻醉剂进入自己的血管。在人流手术中,这是一道自选程序。事实上麻醉方式的选项可以有局部和全身。程穗从网络里接受的知识全都来自局部麻醉,无边无际的疼痛越过微量的麻醉剂,浩瀚汹涌地将一具又一具清醒的躯体吞噬,以致程穗得到的间接经验居然是,通过局麻进行的流产手术,比正常分娩一个婴儿更加痛苦。全身麻醉拯救了这些无助的女人。一次手术变成了一场短暂而沉酣的睡眠。一觉醒来,所有的麻烦不复存在。程穗义无反顾地选择了后者。这个抉择,在其后漫长的岁月里,让程穗懊悔不已。

全身麻醉规避了疼痛,但也让手术的程序变得繁琐,比如体温监测之类的。程穗记得那间手术室在整条走廊的尽头,室内泛着清灰的光芒,屋顶的灯光是淡色的,冰冷的光晕像是刮过一阵一阵微凉的风,让她情不自禁地蜷缩在薄薄的消毒巾底下瑟瑟发抖。那个嘴里充满洋葱气味的麻醉师一边漫不经心地用针管抽取药液,一边审视着监测仪。有一刹那,程穗感到自己闻到了从针管中散发出来的麻醉液的味道,那种难以言喻的味道出乎意料地让周围的事物变得温暖起来,就连白炽灯都有了不同的颜色与形状。程穗不再觉得冷,她像是换了个地方,在春天的原野深处,在正午的阳光底下,在尽情的奔跑之后,躺在柔软厚实的草叶间,身边是大片大片金色的向日葵,向日葵的花瓣色泽浓重且静止不动,如同油画一般。

就在这一刻,程穗被叫了起来,麻醉师关掉监测仪,告诉她体温超过 37.5 摄氏度,应该是感冒引起的炎症。手术取消,她必须治好感冒,同时,建议她再做一次详细体检。程穗追问缘故,麻醉师像个哑巴一样不置一词,他摘掉口罩,重新把耳机塞进耳朵里,顺带把一粒口香糖扔进嘴里。程穗望着他起伏不定的腮帮,心里想的居然是,洋葱味儿没了。

当梁三思的信用卡达到了最高透支数额,程穗的体温恢复了正常,检查结果也出来了,她的子宫跟通常女性相比,发育不太完善,小而薄,能够自然怀孕,已是异数。堕掉双胞胎增加了不孕不育的可能。此生无子嗣?这个命题陌生而又辽阔。

这一次,梁三思和程穗花了更多的时间来接纳现状。他们努力地相互说服,引经据典、谈古论今,让彼此同时相信,后代不是人生的必需品,他们不是负责传宗接代的机器,没有就没有吧,那些身躯变形的孕妇跟怪物不差什么,没机会做怪物又不是什么损失。梁三思甚至下载了一堆外国哲学家的著作,搞了一堆艰深晦涩的人生哲理与程穗分享,鞭辟入里的语句让他们热血沸腾精神振奋,就像注射了催红素的瓜果,一夜早熟。但是,无论论点多么精辟,论证多么有力,论据多么充分,总有些什么不对劲,是什么呢?他们都很缭乱,必须慢慢清理。有一天傍晚,当他们经过一片草坪时,程穗明白了是什么地方不对了。程穗拉拉梁三思的衣袖,低声说:"以后,我们会不会,也那样?"程穗语焉不详,可梁三思顺着她的目光看过去,顿时就领悟了她的语意。

草坪里有好几只宠物狗在撒欢,其中一只还穿着滑稽的绸缎背心,戴着非常卡通的耳套。一个身形窈窕的中年妇人朝着一只圆滚滚的黄毛小狗甜蜜召唤:"宝贝儿,快过来,到妈妈这边来,别把身上给弄脏了……"闻言,梁三思和程穗面面相觑,他们在彼此眼中看到了轻微的恐惧,以及隐隐的不屑。不孕不育,是否就意味着未来的某一日,有可能像这些狗粉猫粉,把动物当成心肝儿来养着?不会不会。他们一边对自己承诺,一边在网上拼命搜索丁克家庭的各类信息,渴望中关于丁克男女天堂般美好自由的生活描述没有找到,非但没有找到,大篇幅出现的,却是求子而不得的痛楚,当借腹生子这样另类的概念"轰"的一声将他们击中以后,他们同时傻掉了。这也太拼了,意思就是,一个孩子,不是由两个人,而是由三个人一起弄出来的?违背伦理违背自然,就为了,有个孩子?

终于,他们在看似遥遥无期的反复徘徊中,在烦躁迷乱的思索与探讨中,痛下杀手,拒绝徘徊。他们再度回到了医院,准备重新签下知情书。可是,这一回,他们被大夫拒绝了。在他们断断续续的考虑中,胎儿已经超过了 12 周,终止妊娠的唯一办法是引产,引产与正常分娩的过程基本一致,而程穗要面临的却是子宫破裂导致大出血的危险。可笑的是,让他们瓜熟蒂落似乎会更为安全。

程穗可以接受终身不孕,但她显然不能面对以命相搏。她的新婚丈夫梁三思,也丝毫没有让她去送死的念头。结果就是,他们被盲目地推向与最初的设定完全相反的路径,不得不接受这两个孩子的安营扎寨,任凭它们从两颗受精卵长成两个会打嗝会放屁的活生生的小人儿。

梁三思立刻想到了钱。其实跟程穗窘迫的家境相比,梁三思勉强可以叫作"富二代"。他的爹妈在距离省城二百来公里的一座县城做餐饮生意,运气时好时坏。梁爸梁妈都是心境阔朗之人,交友广泛,有钱的时候呼朋引伴,没钱的时候照样高朋满座。目前开着一间中等规模的火锅店,靠三朋四友撑持着场面,运转还算灵光,梁爸筹备着要开连锁店了。梁家远远说不上大富大贵,但殷实小康的水准是有的。问题是,梁三思跟父母的矛盾从来没有断过,焦点就是读书。

梁爸的最高学历是初中,梁妈更加惨不忍睹,小学都没毕业。没文化咋啦？没文化照旧赚钱！比起梁三思那些文绉绉的中小学老师赚得多多了。没文化的梁爸梁妈并非漠视知识，相反，他们对知识有着盲目的崇敬，不过，他们崇奉的是理工科，卫星升空的现场直播他们从头追看到尾，看得血脉偾张头皮发胀。梁三思上高中的时候，他们要求梁三思选择理科，梁三思背道而驰。梁三思考大学的时候，他们要求梁三思学医学，梁三思抗旨不从。梁三思大学毕业的时候，他们要求梁三思早早回县城管理火锅店，梁三思执意读研。梁三思在研究生阶段的专业是戏曲导演，每提及此，梁爸梁妈简直要撞墙，那是什么东东？舞台上水袖长衫地演大戏，还是研究人家演大戏的？他们不懂，也永远不想弄懂，这就是寄予厚望的儿子，指望他当科学家，不成，指望他当大夫当律师，也不成，最次你继承父母衣钵将火锅店红红火火地经营下去也好啊，你就那么偏那么傻那么坑爹，百无一用是文人，你做文人还不够，好端端的你跟那唱戏的扯上关系！梁爸梁妈痛彻心扉，祭出杀手锏，断粮！

　　梁三思得到的生活费因此有一搭没一搭，全指着梁爸梁妈如股市大盘一般起起伏伏的情绪。大部分时间，梁三思的学费和生活费都得靠自己筹措，帮导师做做课题当当家教什么的，收入有限，捉襟见肘，但学业还是如期进行着。

　　梁妈没从断粮中体会到足够的快感，对儿子的失望衍生出了对人生新的希冀。全面二孩放开，两口子做起了打造一件贴身小棉袄的美梦，开始造人计划，憧憬着从头来过，不成器的长子就当没生过，余生好歹要培养一位响当当的科学家——女科学家，既有科学精神，又有婉约风情，既高大上，又白富美，若得此女，余愿已足。可惜四十好几的梁妈迟迟怀不上二胎，菩萨拜过了，试管婴儿也尝试过了，毫无动静。

梁三思硬着头皮打电话找父母求援时，正值老两口新一轮试管婴儿宣告失败，花掉了好几万，抽取了几大管鲜血，尽皆付诸东流。梁爸梁妈迁怒于梁三思，对梁三思的恨铁不成钢又深了一层，要不是由于他的不务正业，他们能这么狼狈这么受罪吗？

梁三思在电话里报告婚讯的时候，梁妈正打麻将，还不是一般的娱乐，她的牌友替她约来一位生殖专家，一边打着麻将，梁妈一边虔诚地请教如何实现高龄怀孕。此时的梁妈对二胎的期望远大于对孙子的兴趣。

在一阵"六万""碰""清一色"的嘈杂声里，梁三思好不容易等到梁妈的反应，梁妈淡定地问："是跟那姓程的姑娘？"梁三思赶紧说出重点："是，她怀孕了，双胞胎，所以，我们结婚了。"话筒那边是一阵噼里啪啦和牌的杂乱响动，梁妈凑趣地给那位专家点了一炮暗七对。

"要钱是吧?"从声响里,梁三思听出新的牌局开幕了。梁妈淡淡地说:"回头我给你打两千块钱。"两千? 这怎么够? 梁三思忙忙地重复一遍:"妈,是双胞胎。"梁妈"哦"了一声,说声"知道了",口气里的冷淡与不耐,像透了宫廷剧里的皇太后,端足了架子,紧蹙着眉头,来一句"跪安吧",就是那种感觉。梁妈果断收线,比她纠结于"自摸"还是"点炮"爽快得多。

梁三思对着听筒里的忙音发了一会儿呆,这就完了?

## 五

当然没完。

梁三思的银行卡第二天没等到梁妈那子虚乌有的两千块钱,却等来了梁妈本人的御驾亲征。下午上完课,他走出教室,抬眼一看,不禁眼前一花,教学楼对面大树底下伫立着的那位摩登妇人,怎么长得那么像他亲娘? 他下意识地揉了揉眼睛,没错,分明就是母后大人!

当下梁三思小小地激动了一把,他会错了梁妈的来意,把梁妈当成了送银子的慈善大使,到底是亲妈啊,水深火热之际冉冉降临,往后再不必怀疑自个儿是充话费送的。

"妈,赶路饿了吧? 我这就把程穗给叫上,咱仨好好吃一顿去!"梁三思掏出手机就要拨程穗的号码,梁妈伸手拦住他,阴晴不定地说,别急,还没到那份儿上。梁三思愕然,这话怎么这么别扭?

梁妈谢绝了梁三思所有关于吃喝的提议,西餐不吃,中餐也不吃,热的不吃,冷的也不吃,她什么都不想吃,她是来看梁三思的——结婚证!

当那本被梁三思随手塞进箱子里已经毛了边的结婚证在梁妈眼前展露庐山真面目时,梁妈的手竟然哆嗦了,她跟中了风似的,战栗着捧起那硬硬的、如有千钧重的纸壳,翻开来,久久凝视着里头的文字,就连那暗色的钢印,她都细细瞧了一遍又一遍。

"妈,您那眼神儿,怎么跟验钞机似的?您老放心,这绝对是真的,如假包换!"梁三思不识相地说,"怎么着,这下相信您儿子的魅力了吧?不费您一车一房,咱就把儿媳妇给领进家门了!"

谁知此言一出,梁妈"啪"的一声将结婚证掷向乐呵呵的梁三思。荒唐!梁妈说,太荒唐了!梁三思赶紧接住那薄本儿,自以为是地顺着梁妈的心意表达歉疚:"妈,我知道,我不该先斩后奏,不过,这事儿它太急了……"

"急?你急还是她急?"梁妈接过话茬儿,表情变得凌厉起来,"你们眼里还有没有父母,还有没有规矩?谁家孩子是这样办事儿的?工作没有,礼节没有,这就结婚了?谁答应你们了?

脑袋发昏是不是?"

"妈,我说了,那不都是因为孩子吗?"梁三思尽力忍耐着,这节骨眼上,他不想得罪老妈,得罪了老妈,等于得罪了财神爷。

"孩子? 你们以为生孩子是闹着玩儿的? 你们拿什么养活孩子? 你们以为那是不吃不喝的洋娃娃? 告诉你,那可不是养宠物,不高兴了能扔大街上,孩子一生出来,你再苦再累都不能退货!"

"妈,我就没打算退货。"梁三思一脸真诚地注视着梁妈,可惜,他那坦诚的目光在梁妈眼中等同于幼稚无知傻帽白痴。梁妈长长叹息一声,语重心长地说:"我跟你爸没读多少书,当初给你起这名字,绞尽了脑汁,就希望你凡事三思而后行,你瞧瞧你,这终身大事,当成儿戏,你打听打听,咱家的亲戚朋友,谁家孩子是在学校念着书就结婚生孩子的? 知道的,说是为了孩子,不知道的,还说你们这是猴急个什么劲儿!"

"是是是,是我不好,下次我一定不这样。"情急之下,梁三思慌不择言。

"妈也指望能有下次,"梁妈正色道,"这件事,我还瞒着你爸,他要是知道了,保不齐跟你断绝父子关系。我走了。"梁妈悲怆地再看了一眼梁三思手中的结婚证,转过身去,说走就走。

梁三思傻了吧唧地紧追了几步,梁妈丝毫没有回头之意。

梁三思呆望着梁妈决绝的背影,这就走了? 钱呢?

啥都没有!

随后梁三思与梁妈又有几次通话。梁妈的态度是——要钱可以,带着媳妇儿退学回县城,帮着打理家里的生意,正儿八经地过起太平日子来,岂止两千,将来那钱不全都是你们的?

梁三思当然不肯。

谈判失败,家里是没指望了。梁三思不敢告诉程穗,梁妈不仅不施以援手,还不加掩饰地表达了对这个送上门来的媳妇儿的不满。

梁妈是见过程穗的,梁三思本科阶段跟程穗同系,比程穗高两个年级,在程穗大一时就"收编"了这妞,其间带回家两三次。梁妈对程穗满面堆笑,三言两语就问出了程穗全部的家事。

程穗出生在乡下,父亲去世得早,肺癌,从确诊到死亡不足一个月,她妈受不了刺激,精神分裂了,从此住在疯人院里。程穗是跟着小姨长大的。

在梁妈有限的医学常识里,肺癌和精神分裂症都是有遗传倾向的,程穗显然承继了这两样基因,不只如此,她还会源源不断地遗传给她的下一代,就像一条永不停歇的河流。这条河冲毁了梁妈对程穗的好感,这个初见时瘦小苍白的、怯生生的女孩发生了裂变,变成了一只从暗黑的、布满青苔的枯井中伸出的手臂,一只骷髅般的手臂,这只手臂带着阴险的、恶毒的邀请,伸向梁三思,试图在某个猝不及防的时刻,一把将梁三思和整个梁家拽入深渊。

很长一段时间,梁妈都隐忍着心里的念想,没有在梁三思跟前提及对程穗的坏印象,鉴于梁三思在学业选择的方向上所表现出来的逆反,梁妈学乖了,她等待着爱情的荷尔蒙自行消散,等待着这桩校园恋情无疾而终,没想到,等来的却是完全相反的结局。

听闻婚讯,梁妈的脑子转了又转,虽然媳妇是次品,但她希冀通过对梁三思的经济制裁,将这匹脱缰的野马收归马厩,走一条经营火锅店的路,总好过研究那些唱戏的。可惜,这样卑微的想望都被梁三思无情地回绝了。无论是梁妈语重心长的促膝谈心,还是悲悲切切的哭泣恳求,在梁三思那里,一律无效,除了钱,梁三思什么都不想要,什么都不想改变。梁妈愤怒了,有这样做交易的吗? 一定是受了那只小妖精的蛊惑!

"你们还年轻,将来是分是合还不一定呢,着急要什么孩子?! 况且,双胞胎没什么稀奇的,试管婴儿一次能做四五个! 你告诉她,别想用这个诓你! 门儿都没有!"火锅店老板娘开始失控,她放弃了一切的含蓄与技巧,以悍妇形象隆重登场,对程穗这个假想敌恶言相加,"这都什么事儿! 紧赶慢赶地催着你结婚,连双方家长都没见过,她家爹死娘发疯的,总还有别的长辈吧?你想想,三媒六聘一概没有,天底下有这么不矜持不要脸的女人没有?没有!指定是看上了梁家的钱,指定是安了放长线钓大鱼的狼子野心,也就你头脑简单,换了是我,一脚踹过去,有多远滚多远去!"

梁三思握着听筒的手指紧紧抠进掌心,指甲发青。

"穷山恶水出刁民,她这也就是穷怕了,逮谁是谁!有那么心急火燎的吗?我要是生出这么掉价的女儿,活活丢尽我的脸面,我绝不饶过她,我这一跺脚,我踩死她,我一屁股坐下去,我压死她……"

梁三思在梁妈刻薄的诅咒里猛地挂断电话,还不解气,直接将梁妈的号码拖进黑名单。程穗不是细致昂贵的瓷器,但谁都不能把她当成一文不值的破玻璃器皿来糟蹋,就算是他妈,也不成!

梁妈给予梁三思在婚姻之初的迎头痛击,在程穗小姨那里得到了充分的弥补与治愈。梁妈雷霆万钧的责骂,与程穗小姨和风细雨的嘱托形成了鲜明的对比。

"小梁,姨隔得远,虽然没见过你面儿,但姨相信穗儿的眼光,穗儿相中的人,是不会错的……咱家穗儿打小受罪,从今往后,姨就把她交给你了,你可要善待她……今后要是遇到什么困难,告诉姨一声儿,姨没有钱,也没有本事,帮不了你们什么,但姨是过来人,可以帮你们拿拿主意……"程穗的小姨在电话里托孤似的一番话语,像一面熨斗,将梁三思波澜起伏的心,熨成了一块家常稳妥的细棉布,他心底深处的善念与责任仿佛都给激发了出来。

紧跟着电话快递过来的,还有程穗小姨昼夜不舍赶制的新婚礼物,一幅十字绣,绣着鸳鸯戏水之类的图像,很喜庆,很俗气。这样的殷勤与美意,让梁三思突然间觉得自己就是程穗家的人了,如此锦心绣口、现世安好的人家,让他满心都是温暖,满心都是归宿。

他所不知道的部分是,程穗的小姨与程穗有过私密的通话,小姨的第一句话就是:"穗儿,从此,你就不是我家的人了。"小姨的第二句话是:"安安心心做梁家的人吧,一直往前走,不要再回头。"小姨的态度让程穗无比骇然,她其实是嗫嚅着、分了几次说出结婚跟怀孕的事情,生怕小姨气得晕过去。小姨是急性子,脾气暴躁。从小到大,她没少挨过小姨的骂,就连晚归那么几分钟,都会被小姨重重处罚。谁知道预想中劈头盖脸的一通臭骂居然没有出现,取而代之的是小姨的如释重负。小姨说了很多很多掏心窝子的话,程穗方才知道,原来,小姨对她的严格看管,无非是要保全着她的贞洁与名节,让她能够嫁个好人家。原来,小姨节衣缩食供她念大学,无非是要让她有更好的自身条件和更高端的社交圈子,能够嫁个好人家。原来,小姨告慰发疯的姐姐和早逝的姐夫的方式,无非就是她能够嫁个好人家。

在小姨心里,早一点晚一点没关系,提前一步推迟一步也不要紧,只要是她能够嫁个好人家。梁三思的照片,小姨见过了,体健貌端,并且学历高,又是生意人家的孩子,这就是打着灯笼火把找来的乘龙快婿了。小姨自觉在抚养程穗这件事上,实属功德圆满。

程穗有短暂的不适应,她一直以为自己是小姨眼里的女学霸,一直以为小姨铆着劲支持她升学是期望她出人头地,一直以为自己的早婚会让小姨痛不欲生,真相却如斯,她都不晓得该欢喜还是悲哀。

至于梁三思那头,程穗没有得到梁妈以婆婆身份的接见,也没有跟梁妈通过话,但是她能猜得到梁三思跟父母谈崩了,因为梁三思的经济状况没有随着报告婚讯而得到丝毫的改善,只是,她完全没有气力去揣度或是质询,因为强烈的妊娠反应已经全面掌控了程穗的日常生活。

程穗被打垮了。

# 六

　　频繁的孕吐让程穗没办法面对她的舍友们，她急需一个单独的空间，让肚子里的那两粒胚芽大肆刷新存在感。她催促梁三思找房子。梁三思单枪匹马地骑着一辆从旧货网站花 20 块钱淘来的古董级自行车满街晃悠，在中介的带领下看了一处又一处的出租屋。一轮看房下来，梁三思感到了压力。瘪瘪的钱夹没法安顿下他的老婆孩子。孕妇程穗不得不继续待在女生宿舍。

　　一开头，程穗没有公布自己的婚讯，不知道为什么，面对着每日沉湎于上网的室友们，她觉出了自己的不同，这份不同，不是成熟或是阅历，而是一种类似被罚下球场的落空感。譬如一拨人，大家都做足功课做足准备去探险，一起穿越一条黑暗悠长的隧道，每一步都朝向前方那个闪烁光亮的出口，一边走，一边共同猜测着出口外的景致，是花好月圆，还是细雪纷飞，是森林小径，还是康庄大道，甚至，是一处草甸，还是汹涌的海湾一角，一切都神秘而刺激。就这样相伴走着，当中的一个人，却在猝不及防间，一头撞到密实的墙壁，不只如此，接下来，仿同外国小说《穿墙记》的杜蒂耶尔，猛然就有了穿墙的异能，在水泥石灰间穿行着，走到一半，墙体紧缩，被凝固在墙灰之间，进退不得，从此,成为墙的一部分。程穗觉得自己就是这个倒霉的人,被墙给固化了,从此停留原地,眼睁睁看着同行者沿着既定的方向,去向那不可知、不可测的出口。

那道羁绊了程穗的墙壁,不是梁三思,而是胚胎们。它们在程穗的身体里安营扎寨。它们是最狡狯的侵犯者。它们诡计多端。它们图谋不轨。它们最初内敛、低调,甚至是以无声无息的姿态让程穗一度产生了怀孕不过如此而已的侥幸心理,但很快,由它们所谋划的一场又一场翻天覆地的呕吐向程穗宣告,它们不是静态的麻烦,简直就是摧枯拉朽的祸害!

程穗变成了另外一个人,无精打采,整日犯困,吃饭犹如某种酷刑,说不上来什么味儿就能引发她的恶心,随即就是狂吐,能吐到把咖啡色的胃液都给带出来。梁三思吓得面无人色,险些就打 120 了。

为了提防上课的时候出洋相,程穗只能饿着肚子去教室,饿狠了,就以白开水充饥。这倒罢了,回到宿舍,同样不能放纵自己的食欲,恶心劲儿一上来,赶紧把自己关卫生间里,生怕被舍友们看出端倪。程穗原本就瘦,这一折腾,更是熬得一张小脸煞白煞白的,身形单薄如纸片儿,走起路来脚步虚飘,风一吹就要飞起来似的。三个室友被程穗吓着了。

程穗本是吃过苦的孩子,不像一般的 90 后那般自我和计较,从中学时期就做生活委员,上了大学当寝室长,遇到辅导员突击检查寝室卫生,好几次任劳任怨地独自整理完四张床铺,因此跟室友们关系融洽,室友们都当她是田螺姑娘。田螺姑娘也有累倒的时候,三个室友同心同德共谋共划,变着花样地为程穗买来各类零嘴儿。程穗直推胃疼,不敢接近那些食物,唯恐引线点燃,呕吐爆发。几个姑娘没往怀孕上头去说、去想,毕竟这年头,校园里开着性教育课,不会有人傻到连自己害喜了都不知道,这话就连玩笑的趣味性都丧失了,反倒是怀疑程穗那胃里是不是生了什么可怕的肿瘤,齐打伙儿地催逼着程穗去医院做胃镜。

梁三思也急。眼见得程穗衣带渐宽、人比黄花瘦,梁三思揪心了,这不是要饿死胚胎,而是要饿死她自个儿的节奏。梁三思领她去吃营养又美味的鸡汤煲,结果一进餐馆的门,程穗就吐上了,吐得根本没法儿落座。

梁三思从来不知道孕吐会这般要命,程穗也不知道。电视剧里,那些花容月貌的娘娘们怀个孕,要么飘飘欲仙地晕那么一下下,要么以手帕掩面干呕两声,接着便是太医前来搭搭脉,来一句"恭喜娘娘、贺喜娘娘"便什么都好了,只等着一集或是两集被奸人下药堕胎未果的剧情以后,烧上一盆子热水、叫喊一阵子,婴孩即呱呱坠地。网上的说法也是前三个月饮食不安,其后则胃口大开,过程中绝无苦痛之描绘。程穗掐着手指头,直熬到了 15 周,肚子都要掩盖不住了,仍旧是吃什么吐什么,吃了吐,不吃还是吐。

程穗一天比一天虚弱,她不是幸福的孕妇,而是绝症患者,奄奄一息地等待末日的来临。有那么几天,她连起床的气力都没有了,只好以胃病为借口请了假,终日躺在宿舍的上铺,这下子三个姑娘认定程穗病入膏肓,跑去斥责梁三思没心没肺,威胁他火速领人去医院,否则就叫辅导员出面了。

事情到了这份儿上,梁三思只得招了,掏出结婚证和检查单,证明程穗这毛病,不只是合法的,还是合理的,更是合情的。姑娘们闹着要吃喜糖,梁三思索性慷慨解囊,在火锅店订了一个包间,做东请上自己的同门师兄弟,加上程穗的舍友,一块儿吃了一顿涮涮锅,正式宣布了双喜临门。

那顿饭,程穗没去吃,她想到涮涮锅都能吐。她一个人躺在宿舍里,中间接到梁三思的电话,粗声叫她"老婆",周遭是一片起哄声。梁三思显然喝高了,大着舌头跟她说了好些憧憬未来的豪言壮语,好像程穗嫁的,不是梁三思这样满大街一抓一大把的路人甲,而是货真价实的大咖,比尔·盖茨、马云之流。

顺带地,梁三思在电话里絮絮叨叨转述了他一位师兄刚给他讲的一段往事。故事的女主是谁谁谁,不得而知。发生时段大约在 20 世纪 90 年代后期，一所重点大学的女生宿舍。那时候，一间宿舍通常住 8 个人。那时候，宿舍没有单独的卫生间。那时候，隐私是一个奢侈而又令人向往的名词。

女主来自遥远的海岛，是个内向的女孩子，对于她的家事，舍友们所知不多，她的生活极其简单，除了教室食堂，便宅在寝室，每日深居简出，成绩不太好也不太坏，属于大学里最不起眼的那种学生。所谓蔫人出豹子，大二的下学期，一个春风沉醉的夜晚，从她的床帐里传出一阵阵呻吟。舍友们关切地询问，她说她肚子疼。舍友们要送她去医院，她先是不肯，反复去了几趟公共厕所以后，人已经被疼痛摧毁。七个女孩见势不好，以为是食物中毒或是阑尾炎，赶紧七手八脚地将她搀扶到医院，进了急诊室，大夫检查了一下让立刻送妇产科。送进妇产科，女孩们等在外头，仍然不明所以，直到大夫出来问谁是家属，说女主顺利生产，母子平安。一群女孩子全傻眼了。

是的，朝夕相处，同宿舍的舍友愣是没看出女主有孕在身。事后，一番追忆，想起曾经有人疑虑女主怎么腰腹膨大，被女主一句长胖了就给搪塞过去了。那七个女孩，倒不尽然是纯情小绵羊，大多有男朋友，有租钟点房的，也有在校园僻静处野合的，但是，对待性行为，谁都是胆战心惊、如履薄冰，唯恐擦枪走火。多年后的同学会，有同班女生坦白，在某年的暑假，曾以尿路感染为由请假一周，其实是去做人流了。像女主那样，把孩子留在肚子里，还一直留到大白于天下，实在是匪夷所思。

这件轶闻，在当年的学校传得沸沸扬扬，女主也随之名噪一时，女主宿舍的七个舍友简直成了新闻发言人，通过各种渠道找她们了解、打听、交流整个过程与细节的人络绎不绝。

最后的结果是，学校按照当年的校规校纪，给予女主开除处分。女主的家人从远方赶来，带走了女主。那个孩子很健康，被一对无子嗣的夫妻收养，留在了当地。对于肇事者的身份，流传着好几个版本，一说是女主的姐夫，一说是女主被迷奸。

"被开除了啊，生个孩子，就被开除了！老婆，你想想，那时候，考个大学多不容易哪。"梁三思醉醺醺地感叹着，"咱们这年代多好，读着大学，还可以结婚，还可以生孩子，咱真是赶上大好时光了！"

程穗脑子里有点乱，梁三思的语气，让她觉得是在听老电影里村支书的台词，讴歌时代讴歌社会，下一句就是"党的政策好"之类的。至于梁三思说的故事，也没能让她产生丝毫的恻隐之心，她正为一波接着一波的恶心感所包围。

"老婆，你放心，总有一天，我会让你和孩儿们过上全世界最体面的生活！"程穗在这句类似海市蜃楼或是画饼充饥的大话之后挂断了手机，而后在微信里给梁三思发了一句：亲爱的，你是猴子派来的救兵,鉴定完毕。梁三思没有回复。

丢下手机,程穗默默流了一会儿泪,吃了两片苏打饼干,吐了几口酸水,再流了一会儿泪。请客吃饭这个决定,梁三思没有跟她商量。过后她倒没有说什么,她实在是连吵架的劲儿都没有了,她遭遇了从未有过的难受,难受得连呼吸都透着费劲儿。

那顿饭,梁三思是当成了喜宴,他这个不折不扣的新郎官和准爸爸遭到了大家的围攻,都说他赚到了,没房没车就把老婆骗到了手,老婆还给怀了一对双胞胎,读书成家一样不耽误,好事儿都给他占全了。梁三思认同这理儿,他在不知是真还是假的艳羡中,用酒精来狂欢。他喝太多了。半醉半醒中,他肆意纵情地笑着,笑着笑着,眼泪却不知怎么下来了,又被起哄是一种告别处男的自怜情绪。何以解忧?唯有喝酒。梁三思喝得吐了一身。他在餐厅里吐着,程穗在宿舍里吐着,这一刻,他们在不同的地方,同时流着泪,拼命呕吐着,像要把身体深处的某些异乎寻常的事物全都驱逐出去。

## 七

跟大部分男孩子相似,幼年时代的梁三思是个拳脚功夫了得的调皮蛋,给人挂彩和被人挂彩是家常便饭。不过,在小学毕业以后漫长的青春岁月里,他早就不再以武力论成败。想不到的的是,他的再度出手,居然发生在读研期间,居然是为了老婆。

　　梁三思高调地请完客以后,他们结婚兼怀了双胞胎的事儿就成了校园论坛里的大事件大话题大新闻。学院里的老师们不可避免地知道了这一对儿小恋人在他们眼皮子底下修成了正果。这正果,却不是个味儿,不是太阳晒着、土地养着、四季的气温风雨细水长流地滋润着,缓慢缓慢结出来的,而是像那种注射了果实膨大剂的葡萄,色泽刚刚好,甜度刚刚好,问题就是,那是膨大剂给催生出来的,没有经过一段慢而美的光阴,没有经过大自然的新陈代谢、瓜熟蒂落,一切就会变质,甚至有毒。特别是,谁都知道,关于果蔬,成熟是一回事,催熟是另外一回事,同理,关于婚姻,法律的规定是一回事,生活的教育是另外一回事。

　　梁三思还好,毕竟研究生阶段结婚生孩子不是什么稀罕事。那些社会生源生完孩子来考研是有的,一边读研一边心有旁骛地怀孕生孩子也是有的。稀罕的是,梁三思是男生。男孩子,也不是什么豪门继承人,连啃老的资本都不充足,拿什么养活老婆孩子?这就是缺心眼儿了。这就是瞎胡闹了。这就是过家家了。不过,梁三思的导师只是把他找了去,留他在家吃了顿便饭,开了瓶洋酒,边喝边问了问他新近读书做学问的情况,对他的阅读规划给了一些提纲挈领的指点,末了,在他告辞出门时拍着他的肩膀感慨了一句:"年纪轻轻的,就能承担起养家糊口的重任——不简单!"说完,再拍了两下,却是一下比一下轻,那力道,不知怎么的,就让梁三思想起了怜香惜玉、怜弱惜贫一类的词儿。

程穗就没那么顺利了,首先是,被分管学生工作的学院副书记叫去个别会谈,若在往日,这可是一番殊荣,因为副书记单独接见的,要么是刺儿头,要么是优等生,程穗两种都不够级别,因此迄今为止她都没进过副书记的办公室。副书记是女性,三十余岁,不是呆板教条的马列主义老太太,她很贴心地为程穗倒了一杯适合孕妇的白开水,还拆开了一小袋核桃仁,关切地问询她的身体状况,妊娠反应如何,预产期几时,等等,聊了一个多钟头,程穗没听出个所以然,捏着副书记强行塞给她的核桃仁一头雾水地出了门。

副书记谈完,接着就是辅导员。辅导员是男性,未婚,毕业不太久,一张呆萌呆萌的、充满孩子气的脸,平素面对着手下的一帮伶牙俐齿、软磨硬泡的女学生,常常是无计可施的模样。辅导员与程穗的谈话显得简略了很多,其实就是间接翻译副书记的潜台词,劝说程穗休学养胎,以免在学校出现意外,以免影响周围同学们安定学习的心。这一回,程穗听懂了,休学的潜台词其实是,退学。她若是退学,学院里普天同庆。毕竟怀孕、生孩子、哺乳,这一系列的过程,在这学院里,在满脸都是青春痘的本科生里,还真是破天荒地头一遭,面对这开天辟地的新事物,学院无权干涉,但是,学院实在没有先例,也没有经验,没有经验的结果就是,保守为好,保守为上。意思就是,学院对她,惹不起、躲得起,有些弃如敝屣了。

退学,不。休学,也不。高考前的苦逼,恍若昨日,那些千山万水的跋涉,那些千辛万苦的煎熬,可不是随随便便就能放弃的。即使小姨鼓励她读大学的动机,是为了让她找个好人家有个好出路,可是她的目的绝非如此,读大学,就是为了读大学本身,就是为了,如期地、顺当地拿到毕业证。当下程穗流着眼泪,向辅导员信誓旦旦地保证,绝不因为生产耽误学业,绝不因为生产影响纪律。辅导员相信了她,也许是,被她的泪水搞得进退维谷,不得不选择相信她。

本科阶段的管理纵然不似中小学,但规则和秩序依旧是神圣不可侵犯的。程穗是循规蹈矩的好学生,从来没觉得听从集体的安排有什么不妥,但现在,刚在辅导员面前指天发誓,转过身,她就不得不特立独行了。

譬如讲座。夜间讲座是学院的传统项目。学院遍邀各路名家,为本科生举办讲座。初衷旨在帮助大家伙儿扩宽眼界,实施起来,不领情的主儿不在少数,一间小礼堂经常是稀稀拉拉十来个人,撑场子都不够。后来,学院就硬性规定,讲座必须到场,计入学分。程穗吐得天翻地覆的,白天能够坚持上课已属不易,到了晚上,疲惫得像失了水分的植物,蔫头耷脑的,往哪儿一靠都能睡着。讲座却不敢逃,想请假,不成,结果就是,坐在蒸笼一般闷热的礼堂里,呵欠连天、恶心不断,跟毒瘾发作似的。梁三思陪她听讲座,手里拿个塑料袋,她不时凑过来,吐一些清口水,满头满身都是虚汗,听完一场讲座,脑子里空空如也,人却成了汗水里捞出来的腌黄瓜。

譬如晨跑。原本,晨跑是大一的科目,学院的副书记走马上任不久,从严整治学风,措施之一就是延长晨跑至大三。程穗就不能幸免了。咬牙跑了几天,腰酸得无以复加,更加恐怖的是,内裤上出现了暗色的血迹。程穗上网一查,这叫作,先兆流产。赶紧请假。向辅导员这黄花处男说明缘由已经大费周章,结果却是,辅导员拿出学院的规章制度,准许请假一周以上所列举的情形,有心脏病有哮喘什么的,却没有先兆流产这一条。不在范围内,意味着不允许请假,不假不到的话,扣除操行分,逐一累计起来,各种处分都来了,最严重的,就是降级。那就跑呗,程穗落在队伍的最后,跑了小半圈,脸都白了。辅导员还不断地挥拳高喊,跟上!跟上!

待在操场边上的梁三思就是在这时爆发的,他冲过来,一把拧住辅导员的衣领,辅导员的个子比他高,梁三思就狠命拖着他,拽出跑道,没等辅导员反应过来,梁三思的拳头像乱石头一般砸了过来。

　　整个操场全乱了,梁三思和辅导员迅速被里三层外三层地给围起来,有一脸兴奋加油助兴的,有满面焦急劝架叫停的,程穗动作慢了半拍,等她冲过来,竟然没办法挤进去,人墙扎实得密不透风,她急得站在人堆外边团团转。

　　辅导员的眼镜在第一回合就被打掉了,他趴在地上找了一小会儿,找到了,好整以暇地戴起来,整整衣冠,搓了搓手,照准梁三思,一拳头挥过去。本来占据着绝对优势的梁三思摇晃了一下,想要挽回败局,辅导员又是漂亮的一记,梁三思倒了下去。

　　人群中发出疯狂的喝彩声,振臂高呼的观众们差点将闻讯赶来的十几个保安冲散。事后,众多目击者对辅导员那一系列流畅而又强劲的动作进行了分解和回忆,有好事者人肉了辅导员的求学背景,得知这位文质彬彬的眼镜男竟然考过了跆拳道的蓝带三级,无怪乎山林打法的梁三思铩羽而归了。

　　这场打斗的第一个后果是,好多女生暗恋上了单身的辅导员,木讷的辅导员新晋为少女杀手。第二个后果是,梁三思的门牙松动了,辅导员的额头青紫了一块。当然了,大家都知道,如若不是辅导员手下留情,梁三思满口的牙说不定都要换成假牙。第三个后果则是,虽然梁三思先动手,看似处分在所难免,但因为辅导员最后关头没能忍住还了手,事情的性质发生了根本的变化,两人在分别经历了各层面的谈话以后,事件不了了之。

打架算是平息了,余波却在荡漾中。程穗得到了声援,有学生在网上晒出现场照片,理直气壮地声讨学院的不人道无人性,更有法律系的学生从法学研究的层面解释学院的规定有违国家的法制必须修改。这种讨论天生属于要大红大紫的料,学校可没心思做此类明星,如临大敌般派出宣传部门的领导去灭火,查找到发帖者的地址,按图索骥找到本人,软硬兼施地做工作删了帖。

自此,程穗在学院就成了敏感人物。从辅导员对她的态度,可知学院领导们的纠结与无奈,时松时紧,时严时宽,无所适从。就像是,辅导员第一天通知她,她不用参加晨跑了;第二天又通知她,她不必跑步,但是,必须到现场,散步即可;第三天再通知她,散步妨碍军心,还是不必到操场了。

程穗很难过,她做惯了那种无影无形一般的乖孩子,从不惹人注目,也不让老师操心,一下子变成了老师们的心头大患,她感到了耻辱,奇耻大辱,以及前所未有的自卑。而梁三思,在动手打完那一架之后,忽然变得沉默了许多。还有就是,程穗发现他偷偷上网观看跆拳道比赛。程穗想,他一定是想学习跆拳道。而且,他一定是为自己的行为后悔了。

　　他所后悔的,到底是什么呢?打架,抑或婚姻?程穗不得而知。她所要面对的,是如何一次次穿越目光的森林。现今,她是女生宿舍最耀眼的星星了。尽管在外观上,她没有丝毫的改变,肚子尚未隆起,身段依旧单薄,可是,每个人的眼光都有意无意地落在她依然平坦的腹部,然后,小心地为她让步,唯恐碰瓷或是被碰瓷。她的知名度没有随着时日消减,而是与日俱增,这多半源于同屋女伴们夸张至极的呵护,早晨出行去教室时,她的行头堪比后宫宠妃,一个女生帮她拿着课本、水杯,两个女生一左一右伴随着她,警惕地避免任何外力的撞击,就差大声喊叫:让道!让道!如此情状,程穗想不出名都难。

　　在教室,在食堂,在图书馆,在任何一个人来人往的场合,程穗受到的瞩目都是空前的,她的身体仿佛要被来自四面八方的眼光击穿,她觉得自己就快要变成一张透明的纸片,五脏六腑皆无处遁形,就连深隐腹中的胚胎也不能幸免。呵不,更多时候,程穗感到体内简直不是有两个胎儿,而是有两枚炸弹。她能够想象潜隐在那些注视背后纷乱的思绪,有惊诧,有羡慕,更多的,却是来自女生们所独有的精神洁癖,一种对于生儿育女的微微的厌憎与惧怕,这样的厌与惧,彻底地,将她隔绝在了另外一个世界。

　　在那个世界里,她不再是一个处于正常生理期的孕妇,而是一个来自星际的怪物。

八

"梅超风"是小夫妻的第一任房东。

在程穗尴尬又狼狈地走红女生宿舍以后，老太太像一只建筑工地里最有力的机器臂，将她从越陷越深的沼泽地里捞了出来。

老太太姓梅，有个诗意的闺名，朝凤。百鸟朝凤的"朝凤"。二十几年前《射雕英雄传》席卷校园的时候，梅老太被当年的一帮学生们一股脑儿送进了刀光剑影的武林，被冠以高手之名。可怜的梅老太根本不知道自己的后半生已经不再是幽娴静淑、散发古典气韵的文弱之辈，而是变成了一等一的高手，风一般的女人，鬼魅似的栖居着。

搬家那天，梁三思握住老人家枯瘦干瘪的手，谦恭地来一句："久闻您的大名，如雷贯耳啊。"这倒不是虚伪的寒暄，梁三思还真是早就听说老太太的——恶名。

梅老太是文学院的教授，教的是古代文学，梁三思和程穗念的是传媒学院，没机会做老太太的学生。不过，老太太是名人，作为文学院的首席杀手，她的各种经典事迹被广泛流传，最近甚至有怀旧的毕业生写成段子，放到了网上。其中一例，曾经让梁三思叹为观止。据说某次监考,有学生作弊,身为监考教师的梅老太以奇制胜,直接让人家将试卷咀嚼食之,否则移送教务处接受处分。事隔经年,该生吞吃试卷发出的沙沙声,依然为当事者津津乐道。

由此,虽然梅老太没练过《九阴真经》,其声震雷霆的效果却有过之而无不及,事实上此梅朝风与彼梅超风有着异曲同工之妙,比如二者皆终身未婚,二者皆事业狂,二者皆手段毒辣。

如今老太太年近七十,独自住在教工宿舍里,两室一厅。一生习惯了清风雅静的老人家到了人生的穷途末路,却忽然向往起热闹,便将居室出租一间。租客们多半是学生情侣,老太太思想并不迂腐,如此一来,她的家里既有了不同性别的闲聊对象,且女孩子细致,可以帮自己收拾收拾屋子,男孩子强壮,可以相帮着做做粗笨之活。

在梁三思公布喜讯之后,找房子就成了他那个圈子里众所周知的事,不断有师兄师弟给他介绍形形色色的房源。梅老太便是师弟介绍给他的。按照梁三思设定的租金要求,价廉物美,跟天上掉馅饼似的。

那时,梅老太的前任租客刚搬走,留下一地狼藉。梁三思大刀阔斧地做了一番清洁,将床垫下塞着的一些废弃的避孕套扫地出门,换上新买的床单被套,随后立马就带着程穗搬了进去。

他不能听任程穗在女生宿舍苍白憔悴下去,这会使他充满犯罪感,就像一个将被害人暴尸荒野的刽子手,每晚的噩梦里都是那具被日晒雨淋蚊蚁啃噬的尸体。他闯下的祸,纵然是上刀山下火海,他也要陪着她。

梅老太便是以这般偶然的方式进入了梁三思的蜜月。

那段时间,是程穗反应最重的时候,随时抱个纸篓在跟前,吐完又饿得慌。饥饿它是有脚的,一步一步、一寸一寸挪移上来,最后堵在胸前,气都透不上来。于是,程穗吐完就吃,吃完就吐,一番车轮大战下来,连自己都觉得龌龊。

梅老太有轻微的洁癖,程穗处理自己的呕吐物就特别上心,就餐时尽量躲在自己的房间里,也顾不得梁三思是什么感受,整个人生仿佛就剩下了吃和吐,以及呼吸。

梁三思雄心勃勃地为程穗调理各种清淡的饮食,毕竟是火锅店老板的儿子,天生的吃货,在厨房料理方面天赋不浅,做起菜来得心应手。可惜当他乐滋滋地往程穗眼前捧上一钵香浓养人的大菜,得到的往往是程穗的一声"呕",接着就是从嘴里瀑布般涌出的颜色发暗、气味腥臊的液体。

梁三思没坚持几日,也吐了。梁三思第一次吐,程穗哭了,哭得很厉害,哭泣引发了新的呕吐,梁三思忍着翻涌的胃液,温柔地拍她的后背,一下子就被她挡开了。

"你、你嫌我……"程穗抽噎着。梁三思想要申辩,刚出口一个"我"字,立马捂着嘴、猫着腰冲进洗手间,他又吐了。

从这一日开始,梁三思的呕吐变得与程穗一般暗无天日,邪门儿的是,程穗不吐的时候,他还是吐。不只吐,他还出现了头晕、失眠、乏力的症状。程穗真是急了,催着他去医院,梁三思不肯,嬉皮笑脸地说若是患了不治之症,那笔检查费得省下了,留给程穗他们母子。程穗到网上去查,梁三思的症状竟然与一种叫作妊娠伴随综合征的毛病完全吻合,那是男人得的毛病,是由心理焦虑引起的。

果然,随着程穗进入孕中后期,梁三思的妊娠反应也渐渐消失了。他俩小心翼翼地遵守着梅老太的作息,早睡早起,殷勤地帮着老太太做些家务。老太太这套房子虽然老旧、狭小,位置却是极佳的,坐落在校园的人工湖畔。正是初夏,窗户对着满湖的荷花荷叶,湖中央还有层峦叠嶂的假山假石。梁三思跟程穗开玩笑,说成天对着这样的湖光山色也算是胎教了。

程穗也喜欢这里,因为对面就是湖泊,没别的房舍,想干吗干吗,不上课的时候,她就穿着睡衣倚着窗台发怔。她打小客居在小姨家,小姨家在镇里,条件不好,她跟小姨和小姨的孩子挤一间屋,白天也得拉着窗帘,咫尺之间就是别人家的窗口。长大以后住宿舍,人就更多了,宿舍一幢连着一幢,两幢楼可以相互喊话。她从来没有住过单独的居室,从来没有过这样推窗即是美景的空间。

况且,还这么廉价。

老太太不贪心,租房子就为了家里有人气儿,价格极低。梁三思能够安顿下怀孕的程穗,全托老太太的福。他不知不觉间就有些感激老太太的意思了。

程穗对老太太的印象却完全相反,房子够舒服,老太太却让人不舒服。老太太太过沉闷了,有时候一整天都不会发出丝毫声响,给人一种死亡般的错觉,程穗老忍不住朝她屋里偷窥,看看老太太是不是倒地而亡了,与一具死尸共处一室的恐惧折磨着怀孕的程穗。

还好,最初的日子,一切相安无事。不上课的时候,程穗就待在屋里,老太太通常也在自己的房间里,端端正正地坐在一把磨旧了的竹椅里,戴着眼镜看书,书距离鼻子不过一掌之宽。与一般的老人家不同,梅老太没有任何爱好,不种花,不养宠物,连饭都不做,一日三餐都到学校的食堂里解决,她不用食堂的塑料餐盘,总是随身携带着碗筷,亦不用袋子,而是放在一只看不出年代的藤篮中,她就那样挎着藤篮、拄着拐杖,行走在校园里,是为一景。

老太太的房间里满眼都是书,除了床,剩余的地方全用来摆放书架,连床头柜上都搁满了书。她甚至没有衣橱,所有的衣服都放在墙角的大樟木箱子里,有太阳的天气,她把青黑素衣一件一件挂在窗台外撑起的一段竹竿上,衣服全无款式,大都比较厚实,凝固在窗台边,静止在阳光中,不知怎么的,这些款式过时的衣服老让人想起剩女啊剩菜啊那一类腌臜的词语。剩女剩着剩着,就剩成了剩菜,发黄、枯萎、丧失水分和营养,被人不问青红皂白地全部倾倒进垃圾桶里去了。老太太可不就是一碟子陈年旧菜?她那瘦小的身板随着年月越来越委顿,朝向无形无声无色无味的方向发展着。程穗觉得"不食人间烟火"这样的说法差不多就是为梅老太量身打造的。

有一天午后,程穗刚吐完,头晕眼花的,想起中饭有小半盘吃剩下的麻辣鸡翅,这一念之间,倒把馋劲儿给勾上来了,也怪,这一怀孕,连口味都改变了,从前她不爱吃辣椒,现在倒成了无辣不欢。她走进厨房,刚拉开冰箱门,背后很突兀地响起一个冷冷的声音:"你又饿了?!"事先没有一丁点的脚步声,这话语又充满了审判与窥视的意味,程穗不禁打了个冷战。

她回过头,老太太倒是跟平常一样,一身青衣,只是惯常漠然的眼神里有一种难以言说的情绪,既像怜悯,又像厌恶。她伸出手来,树皮一样干巴巴的手心里居然攥着小小的一瓶山楂果酱。

　　"我路过超市，看见这个，就买了。"老太太淡淡地说，程穗几乎要相信，果酱的事，跟日常生活中无数转瞬即逝的细节一样，没有预谋，不带预期，没有前因，亦无后果，不过是一念之间的行止罢了。但是，慢着，从老太太一眨不眨专注而认真地盯着她的目光来看，程穗直觉地想到，这瓶果酱，是她蓄意购买的。她默不作声地站着，等着程穗接过果酱，等着程穗拿起勺子，等着程穗舀起满满一勺放进嘴里，然后，程穗冲进卫生间，大吐特吐。从卫生间出来，老太太依然伫立在原地，满眼困惑。她似乎想问什么，迟疑了一下，忍住了。

　　"下次，想吃什么酸东西，尽管告诉我，我替你买。"老太太说完这句，放弃了对程穗的探究，转头回屋。可是，就是"酸"这个字眼，居然再次引发了程穗翻天覆地的恶心。她一边嗷嗷吐着，一边在心里埋怨老太太，这老处女显然是中了文艺作品的毒，自个儿没有怀孕的体验，以为全天下所有的孕妇都会嗜酸如命。

　　第二次，当老太太像个幽灵一样，递过来一碗酸梅汤，程穗直接就"哇"的一声吐了，带着腥味的黄色呕吐物污染了胸前一大片衣襟，平素清洁得恨不能一尘不染的老太太居然不嫌弃，眼瞅着她收拾更衣，还帮她递纸巾。程穗料理齐整了，脱壳的灵魂方才回归肉身，讪讪地对老太太说声"对不起"。老太太的回答让她不知所云,准确地说,那不是回答,而是一句感慨、一声咏叹,带着史诗般的抒情意味,顿时让老太太如同置身于偌大的舞台中央,被一束追光照耀。那句话自脱离老太太的那一刻起,程穗便被它的劲道击中,愣了几秒钟,她目送着老太太返回房间的身影,忽然发觉自己什么都想不起来了,那句话到底是什么内容,她一个字都不记得了,她已经被剧场的光芒灼伤了双眼,正在演出的剧目,反倒一团模糊。

老太太到底说了些什么呢?程穗绞尽脑汁地回忆着,可是,越回忆,越遥远。那句话就像一趟错过的列车,呼啸而去,连轻烟都不肯留下。

## 九

程穗一整天都沉溺在回想中,老太太说过的话,明明有绕梁三日、不绝于耳的效果,但她一伸手,却又什么都抓不住。

梁三思回来的时候,她缠着他追述当时的情景,对老太太的那句话在她心里所掀起的海啸进行了不厌其烦的描述,以至于梁三思关掉正在炒菜的煤气灶,严肃地对她说:"你怎么跟个唐僧似的?"程穗追着打他,说唐僧是男的,梁三思说那就是祥林嫂吧,祥林嫂是女的。程穗说那你就是祥林嫂的丈夫。两人就嬉闹起来,这是自程穗发生孕期反应以来比较愉快的一个傍晚,舒缓的情绪持续到上床以后,末了梁三思竟然沉沦在情欲之中无力自拔,被程穗果断地一脚踢出老远,以武力将他们的关系从肉体修正到柏拉图的层面。而程穗也就是在这一瞬间记起了老太太说过的话。其实那不是老太太的原话,老太太引用的是《日出》中陈白尘的句子。陈白尘说:"好好的一个男人,把他逼成丈夫,终觉不忍。"老太太也是这样说的,一字不差。一旦想起这句话,程穗就像找到了记忆的钥匙,她想起这只是一个开场白,老太太不只说了这么一句,准确地说,在这句话之后,她还对程穗说了老长一段话。

"你俩的家都是外地的吧?父母知道不知道你们的事儿?孩子生下来,谁来养着?谁来照看着?这些事情,都有谱了吗?我知道,好多女人,一怀孕,就千方百计地作践自己的丈夫,百般折腾,不使唤过瘾了就跟吃大亏了一样。你想想,一大男人,给当成了使唤丫鬟,那是什么样儿?好孩子,你听我的,看在我的面儿上,需要什么告诉我,我来张罗,别让他整天围着你像条狗似的。"这段话,太长了,老太太说的时候,基本没有断句,程穗在回忆中自行给加上了标点。梁三思一定是仔细听完了程穗的复述,因为他跟程穗一样被雷到了,他的反应也跟程穗如出一辙,他说:"这都什么意思?老人家别是得老年痴呆症了吧?"程穗主动将头靠在了他的肩窝处,呼吸着他的气息,感到前所未有的满足。毫无疑问,他们是天造地设的一对,默契、三观一致——老太太这番没头没脑的语言,在程穗心里掀起的滔天巨浪,正是这个病名:老年痴呆症。

　　幸而老太太并没有表现出别的不正常,反倒是梁三思怀着悲悯之心,时常将煲给程穗的营养汤,盛一碗给老人家,他觉得她需要补一补了,补补大脑。老太太喝过一次,称赞梁三思的手艺,后来,梁三思就每次都给她留一碗。有的时候,逢到有可口的饭菜,梁三思便邀请老太太一起用餐。老太太在这方面表现得很随和,很快便成了梁三思和程穗餐桌上的常客,她的胃口不是太好,吃得很少,大部分时间,她都在注视,注视着梁三思对待程穗情意绵绵的种种,种种细致入微的体贴。不得不说,有了这样的铁杆粉丝,梁三思更加卖劲了,他把戏份延伸到生活的每个角落,不仅为程穗洗手做羹汤,还用网上流传的按压法为程穗止吐。

　　在疑似老年痴呆症患者的老太太面前,梁三思用力扮演着完美丈夫的角色。有了老太太这个基本观众的存在,梁三思的敬业精神和表演欲望被激发了出来,结婚伊始压迫着他的沉甸甸的责任感为演出本身带来的成就感所稀释,他突然觉得面对一个暴躁的孕妇以及两个谜一样的胎儿算不得是一件太恐怖的事。

可惜,眼下的良辰美景不过是昙花一现,梁三思做梦都没有想到,对他的厨艺赞誉有加的老太太会迅速发布驱逐令,更没有料到,是他的演技亲手终结了他和程穗安稳的生活。

那天下午,梁三思上完课,专程去了趟菜市场,拣了一大堆收市前的便宜货,兴冲冲地往回赶。在楼下,他拦截了老太太。准确地说,是他被老太太给拦住了。他不知道,老太太拎着她那只具有标志性效果的藤篮,缓步去往学校食堂,隔老远就看见了他。老太太停住了,在一块凸出的大石头上坐定下来,手搭凉棚,凝视着他快步走来。

初夏的黄昏,天光很好,清透的天空中有砖红色的斜阳,梁三思就是裹着那层动人的光芒一脸从容地行走着。为了抄近路,他从荷塘中央的石桥穿过,那石桥被密密簇簇的荷叶掩映着,就有了些诗意,而走在桥上的梁三思脑子里跟诗歌没有半毛钱的联系,他想的是口袋里的排骨真便宜啊真便宜,老板娘还附送了一片猪肝,太实惠了呀,晚饭就烧一个糖醋排骨,一个菠菜猪肝汤——糖醋排骨,呵呵,梁三思给程穗的昵称就是糖醋排骨。亲热的时候,梁三思就爱数程穗的肋骨,程穗骨感,老爱盘问梁三思喜欢瘦的女人还是丰腴的女人。

梁三思不知道自己的唇角不经意流露出的到底是傻笑还是淫笑,总之,他的笑意猛地撞上了老太太痛心疾首的眼神,他还没有意识到老太太心底里的痛惜出自何故,脱口而出就是一句:"您瞧,这排骨不错吧?今儿请您点评点评我这烧排骨的手艺!您这是去食堂?甭去了!一个钟头,准保齐活儿,上桌!"

"孩子,先别急,陪我聊两句。"老太太不容分说地打断了梁三思。

不是聊两句,而是促膝长谈。谈话的最初,梁三思没能集中心思,他满脑袋都晃动着烹制糖醋排骨的步骤,这道菜,就讲究个外酥里嫩——随着老太太慷慨激昂的话语,梁三思突然醒过味儿来,他瞬间明白了自己刚刚在老太太眼中的形象:挤完公交车、提着降价菜、汗衫短裤、一双许久没有擦洗的球鞋,就这样穿过尘埃、穿过世俗的低微的家常的光阴,又邋遢又随意,却是又喜气又知足地走向老太太。梁三思不知道,正是这份因着便宜货生出的喜气与知足,让老太太心如刀割。

"我曾经,恋爱过。"老太太说。梁三思怔住了,鬓发如雪的老太太居然在他跟前自曝荡气回肠的过往。原来,老人家有过结婚的机会,不只如此,两个人心心相印,好得跟梁山伯和祝英台似的,顺理成章,就是终成眷属了。双方家人也已经见过面,即将行聘嫁之礼,就在此时,老太太做出了惊人的举动,悔婚!

梁三思的心思终于从排骨转移到了老太太的陈年往事,他有点兴奋,"梅超风"竟然也有隐秘情事。老太太的遣词造句优雅含蓄，不过他听懂了，年轻时的老太太是货真价实的女文青，她遇见了一个优秀上进的男精英，老太太不肯牺牲自己的学业，于是并不阔绰的男精英要在漂洋过海去留学与留守本地陪爱人之间做出选择。女文青没有用爱情逼迫男精英就范，她不是眼界狭隘的小女人，她所爱的，是一个青云直上的男人，是一个顶天立地的男人，是一个放浪不羁的男人，而不是一个沉溺在儿女情长中的男人，不是一个满身油烟味儿的男人，不是一个除了不会生孩子奶孩子别的家务都能如鱼得水的男人。理性分析的结果是，忍痛割爱。

这段短命恋情的结局是，老太太独善其身，男精英则在留学期间娶了一位贤妻良母，该女三从四德，在家相夫教子。男精英最终攀上了事业的巅峰，且家庭和美。老太太不悔，她的抽身是对男精英的成全，以她的执拗和对学识的狂热，当初男精英若是娶了她，多半会被摧残成每日出入菜市场、讨价还价的窝囊大叔——这样的男人，在老太太眼里，不算男人，在她的性别界定里，人类有三种：男人，女人，结婚后的男人。结婚后的男人，在老太太的定义里，属于半成品的女人，体内有一半是雌性激素。

"孩子，你是在自甘堕落。"自甘堕落是一个严重的词语，梁三思面色难看起来，烧一锅排骨就是自甘堕落了？老太太接下来说的却是："我并不赞同君子远庖厨，其实油盐柴米是一堂终生不会敲下课钟的必修课,但是,作为一个有才华有抱负的男孩子,在最好的年华里,花大力气修读这么一门课,是对自己的不负责任,当然,如果你执意要糟蹋自己,我无权干涉,但是,我拒绝观看。"

那个被女权思想灌注的黄昏,梁三思听到的最后一句话是:"我不能让你们再住下去了。"这句话像一股突如其来的龙卷风,将他们这艘好端端停泊在港口的婚姻小舟刮了起来,刮向无处停靠的苍茫大海。

十

梁三思不是外星人,没有异能,他不知道要怎样才能从风暴的中央力挽狂澜,拖出那艘摇摇晃晃颠簸的船,平稳靠岸。当他像条流浪狗一样在各家中介间仓皇奔窜时,他的父亲居然像上帝一样及时从天而降,拯救了他。

火锅店老板带着足够的盘缠,迅速租下一套设施齐全的居室,终结了小两口流离失所的状态。当然,梁爸不是来学雷锋的,说起来,他其实是来躲小三的。

事情的由来又悲又长。梁爸梁妈开火锅店赚了些钱,就有居心叵测的女人对着梁爸与梁爸厚实的钱袋子抛媚眼了,梁爸一个没把持住,被火锅店里一莲藕般嫩生生的打工妹近水楼台地俘虏了,几个回合下来,把人肚子给搞大了。梁爸原以为给些钱,到妇产科里做个人流就能了却此桩风流事,谁知道对手施展了以孩子套狼的硬功,非要嫁给他,非要生下他的种,口口声声爱情至上。梁爸是一介头发秃了一半、腆着啤酒肚的半老头子,哪经得起如此炽热的生扑? 兼之对梁三思百般的不如意,本就生了二胎之心,家里的糟糠之妻迟迟没动静,外头生也是一样的。当下就有了三分动摇。对方更是足智多谋的主儿,不等梁爸细思慢想,直接在梁妈那里上演了"六国大封相"。面对老公的婚外情,梁妈哭得天昏地暗,梁妈的娘家人闻讯而至,指责梁爸是陈世美转世,对其拳脚相向,鏖战争吵中,梁爸一不做二不休,当场宣布,婚是离定了,所有财产,二一添作五,一人一半,反正梁妈生的儿子梁三思不靠谱,不如另起炉灶,生个争气的种。

梁妈绝望。

就在此时,情节陡转直下,在每年的例行体检中,梁爸被查出癌症,晚期。大夫说,少则三个月,多则半年。神仙都救不了他了。梁爸的生命进入倒计时。

一切就不一样了。

小三从梁妈处得到消息,做出了破釜沉舟的决定,她要梁爸速速离婚娶她,给她和孩子一个名分,将来就算梁爸不治,她也要成为名正言顺的梁太太,她的孩子要成为继承衣钵的梁公子。

这样的爱情，搁在健康的时候，是销魂蚀骨，搁到一个癌症患者身上，那就是天大的讽刺了。

梁爸被小三逼得无路可走，向梁妈求助，到底是结发妻子，梁妈关键时刻挺身而出，让梁爸带着一大包中药，去省城、去儿子那里避避风头，这头的烂摊子，交给她收拾。

落魄的梁爸于是投奔到梁三思这里，在大学附近租了房子，梁三思和程穗顺带有了栖身之处。梁三思已然成婚这事儿，梁爸一直被瞒着，临出发前，才从梁妈处尽数知晓。倒回去数日，梁爸必然跳脚，而此时，人之将死，独生儿子的倔强也不那么碍眼了。梁爸对梁三思生出了罕有的温情，程穗跟着沾了光，儿子儿媳都在眼前，梁爸感到了一种油尽灯枯之际的欣慰，先前的嫌弃挑剔消失无踪，几乎要像唐太宗那样对着唐高宗与武则天来一句"佳儿佳妇"。

得知梁爸的病，梁三思从最初的震惊中缓过劲来，感到一种子欲养而亲不待的悲凉。在他的年纪，尚未有反哺的情怀，跟父母的关系未曾脱离青春叛逆期的水火难容，而今却似拳击至酣畅处，对手突然离场，一拳过去，砸在空气里，一颗争强好胜的心顿时落进了虚空。梁三思发觉自己变得啰嗦起来，在梁爸跟前不住地说着话，一刻不停，仿佛沉默是一把刀，会捅伤彼此。

两个大男人，唠嗑的题材有限，梁三思又刻意回避着自己的

学业，只好家长里短地闲聊起来，把离家求学这些年，七大姑八
大姨家里的破事儿问了个遍。梁爸倒也配合，不厌其烦，有问必
答，毕竟不是饶舌的妇人，梁爸的用语干瘪简短，只陈述事实，不
加评判——评判的部分，梁三思自行脑补，脑补完便啰里啰嗦地
一通评论。这些天他对梁爸说过的话，加起来比过去二十几年
都要多。梁爸往往是靠着好几只抱枕，端着大茶缸子，茶缸子里
不是茶，而是梁妈为他备下的西洋参片，耐性十足地倾听着梁三
思的废话，脸上尽是苍茫的笑容，这笑容里，既有对自己大限将
至的悲悯，又有对妻儿的留恋，更多的，却是一种释然，就好像这
一生尽管有那么多未完成的夙愿，但终究盖棺论定了，还是圆
满的。

　　程穗明白梁三思为何会在梁爸面前变成话痨，夜里，当梁三
思疲惫而又无助地将一颗乱蓬蓬的头颅搁在她的肩窝里，她觉
得自己是那样地懂得他，这个彷徨的男人，她懂得他的哀伤，懂
得他的无奈，仿佛她是他血管中流动的一滴血液，途经他的每一
个器官、每一个毛孔，对他的体温、呼吸以及脉搏了如指掌。

　　然而，程穗不知道要怎样去面对梁爸。父亲的过早离世，让
她欠缺与男性长辈朝夕相处的经验，在跟随小姨生活的那些年，
小姨的第一任丈夫出轨，两人离异，小姨再婚的时候，她已经开
始住校，前后两任小姨夫都以不相干的姿态，轻轻滑过她生命的

边缘。终于，结婚以后，她有了父亲——梁三思的父亲，在法律上，等同于她的父亲。但是，这是不一样的，太不一样了。

首要问题，对待梁爸的态度，程穗有点找不着北。梁爸不是陌路人，不理不睬肯定不对，梁爸不是客人，客客气气的也不对，可是，在心理上，程穗没法立即将梁爸当成亲人，即使她将梁爸当作了嫡嫡亲的父亲，她其实还是不知道要怎样做才对，撒娇，是不妥的，卖萌，也是不妥的。程穗头疼欲裂，到网上去寻求支撑，各大论坛里充斥着婆媳过招的帖子，婆媳大战，刀剑挥舞，令人眼花缭乱，再不济，也是人家女婿叨叨几句丈母娘的富贵心势利眼，压根儿就没哪个儿媳妇排揎公公。这一回，就连无所不能的百度都跟程穗逗趣儿了，程穗输入一个"儿媳与公公"，出来的竟然都是乱伦淫秽之作，程穗逐一点击进去，险些惊掉下巴。

程穗不知所措，在梁爸面前就有些人淡如菊的做派了，把梁爸当作了异性老师似的，敬鬼神而远之的模样，梁三思与梁爸的闲话，她插不进嘴，也就不插嘴了。常常是，晚餐过后，客厅里的电视机开着，永远停在梁爸喜欢的军事频道，父子俩隔着些距离，坐在沙发的两端，有一搭没一搭地聊着天，梁三思不时泡两杯咖啡，邀请梁爸共饮，或是拿出一小瓶高粱酒、一袋花生米，与梁爸对酌。这种时候，就没程穗什么事儿了，她窝在里间，抱着手机，看网剧，一边看一边开心地笑。房门敞开着，梁爸间或朝程穗这边瞥一眼，欲言又止地看一眼梁三思，见梁三思浑然不觉的样子，终于，还是忍不住开口了："我说，那个，你媳妇儿成天对着手机，就不怕那辐射——伤着孩子？"梁三思毫不介意："没事儿，她穿着防辐射衣。"

梁爸没听说过这玩意儿，心里梗着临出发前，梁妈百忙之中唠叨的意见，梁妈对程穗自贬身价免费送货的不齿，梁爸同样介怀，这就是，作为老子，他以什么样的途径、找什么样的女人不要紧，儿子却该正正经经、敲锣打鼓、明媒正娶一个好人家的闺女进门。至于梁妈对程穗耿耿于怀的遗传基因，梁爸亦是同样惧怕，他总想提醒梁三思一些什么，却不知如何启齿，转念间又想起自己不久于人世，连孙孙们的面能不能见到都是两说，那可怕的肺癌、精神分裂症会不会攀扯上自家的子嗣，估计自己是无从知晓了。当下胸中翻江倒海起来，一番思量，又是惆怅又是伤悲，万千言语争先恐后地奔涌而出，最后出口的却是："我这把老骨头住这儿，是不是碍着你们了？"

梁三思惊觉梁爸嗓子哽咽，顺着梁爸的视线看向笑得没心没肺的程穗，心下就有些不悦，避过梁爸对程穗说："我爸时间不多了，你就不能装一装？"这话带着指责，迅速把程穗给得罪了，程穗本是苦心孤诣于如何跟梁爸相处而不得要领，梁三思这一来，似乎她有心怠慢将死的公公，这可冤大了，比窦娥还冤。

"你要我怎样装?"程穗憋着气问道。梁三思愚钝,没察觉程穗语气不对,傻傻地答:"那网剧真比全世界都重要? 你就跟着魔了似的! 就没见我搜肠刮肚地跟他老人家聊天? 我跟我爸要是接不上话茬儿的时候,你在当中打打圆场多好! 别尽躲一边儿去!"

"我还真不会做戏,我又不是表演专业的,你就应该娶个演员做老婆!"程穗直逼到他眼前来,"我告诉你,那网剧还真比全世界都重要了! 我知道你,就见不得我有一点儿舒坦的时候! 好不容易转移转移注意力,不吐不恶心的,你还想剥夺,你是不是人哪? 有本事你怀个孕试试? 去啊,有种你试试去!"

梁三思顿足,也记不得是哪个酸文人说过的,那结婚证可真是坟场通行证,他那古灵精怪、娇俏动人的女朋友,怎么就变成了蛮不讲理的市井大妈?! 他气得发抖,当下冷笑着说:"要是男人能怀孕,这世间还要女人做什么?"程穗指着他的鼻子,涕泪双流:"嫌我多余了? 这时候你嫌我多余了! 你逍遥快活的时候你怎么不嫌我多余? 完了怪我怀孕了是不是? 谁叫你当初欺负我? 你当我是免费午餐? 吃完就想拍屁股走人,连刷碗都不愿意。我就知道,你们这些男人,都是些狼心狗肺的混账……"她哭得说不下去了,梁三思有些愣神儿,一开头,程穗是多么的通情达理,理性地将这桩意外与劣质避孕套连接在一起,这辰光怎么全成了他梁三思一个人的错？说得他跟个强奸犯似的。其实程穗一边抽泣，心里头也暗自纳闷，她被自己滔滔不绝的一番话惊着了，这些话似曾相识，毫不迟疑地顺流而下，却根本不是她的原创，它们来自于广大的影视剧、文学作品，来自于各式各样的泼妇怨妇弃妇。若是搁在大半年前，谁要是跟程穗说她将会用这样的语态与梁三思争吵，她肯定急赤白脸跟谁急。

　　吵架这东西，与吃饭、做爱一样，属于先天携带、后天习得的产物，有了第一回，稍加训练，便进入惯性操作模式，定期进行，从无疏漏。每次吵完，他们都会各自深刻反省，明明是鸡毛蒜皮的小事儿，怎么就闹得跟前世宿仇似的？反省归反省，下一次，一言不合，还是要炸锅，各种吵，各种冷战，然后梁三思各种哄和认错，循环往复，周而复始。仿佛一个减肥的人，痛下决心绝食三天，完了饕餮下整桌的肥鸡大鸭子，体重不减反增。

　　从这一天开始，争吵成为他们婚姻中最重要的内容之一，且步步升级，犹如男欢女爱，从试探到抚摸再到水乳交融，进展得如此神速与酣畅。他们无师自通，学会了如何刺痛对方，他们吵得肆无忌惮，吵得伤筋动骨，吵得心神俱碎。

　　战火熄灭，在服软认输之前的僵持阶段，梁三思总会给自己设置若干假设性的问题，例如，若非怀孕，十年以后，自己还会娶程穗吗？而程穗是在眼泪横流中斩钉截铁地对自己说，要不是腹中两个孽种，何尝会嫁给这般冷酷无情的男人？夜里，他们背对背互不理睬地假寐，心念却是惊人的一致，算是同床同梦了。

**十一**

小两口拌嘴，起先还避忌着梁爸，渐渐地梁爸也有所察觉了。梁三思始料未及的是，在父子俩枯燥的夜谈时间，话题居然落在了程穗头上。逢着吵了架，程穗索性抓着手机独自出门散步，剩下梁氏父子，便是畅所欲言地聊起女人来。梁三思病急乱投医，主动向梁爸讨教驯服老婆的技巧，先还欲说还休："程穗她怀着身孕，不周到的地方，爸别介意。"梁爸是过来人，一句话击中要害："女人都这样，结婚以前是小白兔小绵羊小甜心，结婚以后就变成了大老虎大狮子大妖怪，说来说去，还都是男人自找的！"这话振聋发聩、醍醐灌顶，梁三思差点抓住梁爸的手，重重摇撼，感慨万千地叫一声"兄弟啊"。

父子俩裸裎相见，梁三思竟有相见恨晚之感，梁爸爽爽快快地坦陈了前半生与女人的纠葛。原来梁爸在此番重口味外遇之前，还有过一些小暧昧，身染重疾之后，梁爸对女人有了一份相对公允的评价，桃花运不过是过眼云烟罢了，此生他最感激的女人、最亏欠的女人，不是别人，而是梁妈。

"你妈脾性是大了点儿，但是，儿子，像你妈这样又能干、又泼辣、又贤惠的女人，不是每个男人都能遇到的，娶到这样的老婆，是我的福分，"梁爸想着自个儿临阵脱逃，丢下梁妈处理一地鸡毛，不由得满心羞愧，"男人最怕的，就是女人的公主病，我看程穗，是不是有点儿这毛病？"梁三思默想一会儿，作声不得，细细想来，似乎程穗真有端倪。

梁爸见梁三思不反感不争辩不接口，便也顾不得公公议论媳妇的嫌疑，长篇大论地将自家老婆与儿子的老婆做了个透彻详尽的样本分析。这种逻辑严密、论证有力的分析方式，倒是合了梁爸对自然科学的崇敬之心。

| 样本一：检点 | |
|---|---|
| 梁妈：满分完胜 | 程穗：不及格 |
| 例证：<br>　　年轻的时候，梁爸经常叫一帮狐朋狗友到家里胡吃海喝，梁妈做脸色摔盘子是有的，干涉无果，索性与梁爸以及梁爸的朋友们一同喝酒作乐。梁妈对醉与不醉的分寸把握得恰到好处，微醺之时必定提前离场，绝无失态失仪之处。梁爸的哥们儿当中有好色之徒，生了歹心，却是从无得逞之机。 | 例证：<br>　　公公隆重登场，程穗呈现的生活面貌：浴室里被她的瓶瓶罐罐占满，各种奇香闷香异香熏人欲睡不说，每次洗完澡都会散落一地的长头发，梁爸生怕堵塞了下水道，替她一绺一绺地收捡；到了周末把自个儿的衣服和梁三思的衣服，以及梁爸的衣服全混洗衣机里，那些外衣、胸罩、被套、袜子飘飘荡荡地搅缠在一块儿，谁看了都受不了。 |

| 样本二:勤劳 | |
|---|---|
| 梁妈:满分完胜 | 程穗:不及格 |
| 例证:<br><br>　　梁爸梁妈是从街头卖烧烤起家的。大冷的天,梁妈怀着梁三思都快临盆了,仍是每晚坚持给梁爸搭把手,梁爸主厨,梁妈就洗菜切肉招呼客人。梁妈是直接从烧烤摊上进了产房。梁三思满一百天,梁妈将他寄放在婆婆那里,与梁爸一道,将烧烤摊的生意转成了串串香。 | 例证:<br><br>　　程穗不是不洒扫庭除,而是在兴起的时候来一通大扫除,把屋里打扫得窗明几净,给花瓶里插进美丽的花束,可惜她这兴起的频率实在太低,往往是,花朵枯萎了,叶片掉一桌,房间里乱七八糟,水槽里脏碗堆积如山,她都可以视而不见。不上课不呕吐的时候,她全用来上网,你爱上网,你就专心上网呗,这丫头,一边上网,嘴还不闲着,瓜子不离手,瓜子壳倒是妥妥帖帖地收放在垃圾袋里,但那嗑瓜子的声音——细小的、脆响的、时断时续的声响,折磨得梁爸都快发疯了。梁爸失眠,夜里躺床上瞪大双眼,脑子里轰轰响的,全是程穗嗑瓜子的声音。 |

| 样本三:贤良 | |
|---|---|
| 梁妈:满分完胜 | 程穗:不及格 |
| 例证:<br><br>　　梁爸有特级厨师证书,梁妈没有。在餐馆,梁爸是大厨,但在家里,全是梁妈下厨。梁妈在外头是老板娘,穿貂皮大衣、戴玉石项链,回到家,换身居家服,一头扎进厨房,煎煎炸炸、汤汤水水,从不假手于人。 | 例证:<br><br>　　梁三思的导师新近安排他排演一场舞台剧,准备着元旦晚会的时候在全校公演。梁三思忙得没工夫下厨,改由程穗接班了。程穗一半时间叫外卖,另外一半,亲自掌勺,手艺是大起又大落,梁三思和梁爸屡屡吃出意外的味道。有一回,程穗买了鸽子,梁爸一起筷,甜的!这道蜂蜜蒸鸽子,真真是梁爸这辈子吃过最难忘的菜。 |

| 样本四：孝顺 | |
|---|---|
| 梁妈：满分完胜 | 程穗：不及格 |
| 例证：<br>　　梁妈对待自己的公婆，谈不上低眉顺眼，婆媳俩甚至一度闹到天翻地覆，梁爸在其间受尽了夹板气。不过，婆婆瘫痪在床好几年，梁妈虽非亲手照应，但雇请保姆、寻医问药之事，梁妈尽皆承担。公公至今在世，独居老宅，梁妈每个周末送菜送汤，从不懈怠。 | 例证：<br>　　梁爸初到，程穗叫的居然是"叔叔"，闹得梁爸狐疑地转头问梁三思："不是说已经登记结婚了吗？"程穗一口一个"叔叔"叫得梁爸心头发冷。梁三思不是没说过，让程穗看在梁爸来日无多的分上，改改口，程穗理直气壮地说自己打小就没了爹，"爸爸"这词儿生分得很，唤不出口。此后，程穗对着梁爸，就是长期的含糊其词，为了说句话而忽略称谓，宁可不怕麻烦地转悠到梁爸跟前，让梁爸看到自己，再开口说事儿。 |

　　"一个女孩子，就算没结婚，也不该如此懒散无礼！"这是梁爸的结论。梁爸的论证貌似天衣无缝，只是，梁三思不愿意接受他的观点。他还爱着程穗，程穗身上那些鸡零狗碎的小怪癖小嗜好，梁三思习以为常，他不觉得有多严重，更不认为是洪水猛兽。不过，他对梁爸的感受颇为重视，转头将梁爸的意见转述一二，希望程穗有则改之无则加勉，到底梁三思没有研读过家庭和睦学，没想到闸口一开，程穗那端居然对梁爸也有无数不满。

　　梁爸的不修边幅，时常的衣冠不整，成日家的交代后事，成日家的长吁短叹，凡此诸种，所谓过犹不及，都被程穗批驳为矫情。"爸的时间不多了，你多迁就一下。"梁三思希望程穗暂且忍耐,程穗说的却是:"有矫情的爹,就有矫情的儿子,将来你可别那样!"一句话噎得梁三思直伸脖子。

闲住多日,梁爸想起婚礼这茬,打算在见阎罗王以前为儿子热热闹闹地办一场盛大的婚礼。程穗抓狂,在校大学生举行婚礼,还怀着孩子,这不是现成的网络新闻? 她可不想出这样的名! 梁三思本是模棱两可,没料到程穗坚决不从,背地里还对梁三思抱怨:"到底不是亲生的,眼瞅着我怀着孩子还瞎折腾,都不带疼惜的。"说着又把头靠过来,半是娇嗔半是威胁地说:"老公,你可要待我好,我家没权没势的,可是天上是有人的,我自个儿的爸爸,在阴间盯着你呢。"梁三思听得毛骨悚然。梁三思再要说什么,程穗就黑了脸,扭头就走,梁三思搞不懂这柔若无骨的小女子内心怎恁地固执,不禁懊恼。但新娘子不愿意作秀,新郎没法演独角戏,梁三思只好出面劝说梁爸将息身体为要,好歹打消了老爷子的念头。

有了婚礼的纷争,程穗和梁爸之间就有了一道真正的屏障,厚厚的,彼此膈应着,任凭怎么努力,都无法消解。梁爸到底是男人,具有从大局出发的素质和胸襟,掩饰着发自肺腑的嫌弃,对待程穗反倒是添加了几分类似巴结的态度。他想的是,自己来日无多,营造一个融洽和谐的家庭氛围再撒手人寰,这样的死法,相对无憾。程穗不明白梁爸的忽冷忽热,以为绝症患者都这么"作"，对梁爸就愈发疏远了。紧随其来的血尿事件，更是雪上加霜，几乎没把两人变成阶级敌人。

梁爸患的是前列腺癌，除了那几张检验报告证明他的癌细胞已经全身肆虐，他自觉没什么特殊症状，但从患上癌症那一刻起，他就成了克格勃，精细而悲怆地瞄准自己身体的各个角落，感受着各种各样稍纵即逝的变化。他的肉体如常运转，这让他很是奇怪，似乎终日在惴惴中等待着一场翻天覆地的裂变，像是天气预报说好了要下雨，翌日却阳光炽热，若有所待地张望着张望着，终于，天阴下来，风刮起来，乌云飘过来，一颗不安的心才算落了地。

到儿子这里来了不久，梁爸出现了血尿。那天早晨，梁三思有课，早早出了门，留下程穗和梁爸在家。程穗熬夜追剧，睡回笼觉呢，被厕所里的一声惊叫吵醒，乍然睁眼，以为还在梦中，接下来又是一声惊呼，那是梁爸的声音。

程穗以为梁爸怎么了，跑出来查看，与梁爸碰个正着，梁爸面如死灰，裤子的前门都没关上，程穗赶紧别过脸去，却被梁爸一把拽住，指着厕所半晌说不出话来。程穗愣住了，难不成厕所有鬼，还是有蛇？这两样程穗都怕。梁爸的手使劲抓着她细瘦的胳膊，手指抖动得厉害，连嘴唇都战栗起来，程穗实在是可怜他，大着胆子探头一瞧，结果啥都没有，程穗纳闷了，到底是什么

把梁爸吓成这样？疑惑间,就听梁爸在背后挣扎着说出一个字:
"血……"程穗朝马桶看去,便池中果然漂浮着一些淡淡的
血丝。

梁爸被血尿弄得失魂落魄,不知道这是不是阎王驾到的预
警。他张皇失措,一会儿央求程穗给梁三思打电话,一会儿又说
等不及梁三思回来,让程穗立即陪他去医院,他不能独自出门,
免得病情有变,晕倒在大街上。程穗穿着睡衣呢,怎么出门？她
换衣服、洗脸刷牙的当儿,梁爸不住地拍门催促,程穗在厕所里
心乱如麻,想着待会儿该怎么提醒梁爸把裤扣给扣上,就算要
死,也不能把这张老脸丢大街上吧？一转眼,发现盆里泡着梁爸
新换下的内裤。梁爸新近神神叨叨的,买了一堆翡翠观音玉石
手镯什么的,佩戴起来,又新买了一条红色内裤,说是辟邪的,他
把这些灵异之物当成了铜墙铁壁,只要穿戴起来,邪魔就不敢近
身取他性命。盆里的水已经染红,那倒不是血。程穗明白了,淡
定地把梁爸叫过来,让他看看盆里那玩意儿。梁爸看了一眼,呆
了一呆,火速回屋自检,然后大半天都没出来,估计是知道了吓
掉他半条命的血尿,原来是内裤脱色所致,想必他那家伙也被染
红了,因为程穗过后听见他洗澡的声音。

梁爸在儿媳妇跟前出了糗,自恃身患重疾,倒是面不改色心
不跳的。程穗不知道转圜,梁爸再说哪里哪里不适,她不搭腔,

但那眼神儿,不用说话也能让人想起血尿的乌龙事件。梁爸就恼羞成怒了,在梁三思那儿抱怨儿媳妇铁石心肠。自此,梁三思的耳朵就成了梁爸情绪的垃圾桶,梁爸对程穗的不满有如滔滔江水,铺天盖地而来。

就在梁三思被这种磕磕碰碰的三人共处模式搞得焦头烂额之际,梁妈赶了过来。梁妈不是来救急的,梁妈是来接梁爸回家的。听到这个消息,程穗眼里的兴奋,让梁三思怎么看怎么别扭。梁三思盯着她瞅了半天,来了一句:"至于这么高兴吗?"

## 十二

梁妈在与小三的较量中,大获全胜,展现出了卓越的外交才能,成功地搞掂了这个厚颜无耻的心机婊。谈判与僵持的结果是,小三堕了胎,拿着梁妈给付的几万块钱跑路了。

程穗不知道梁爸是怎么想的,也许他根本什么都没想,她所看到的,是梁爸对梁妈的依赖与依恋。梁妈一到,梁爸就像一条六神无主的忠犬,找到了失散的主人,窃喜惊喜狂喜,须臾不离地对梁妈诉说着自己的病情,在程穗看来,多放个屁多打个嗝太正常不过了,在梁爸那里,却都是癌症转移的预兆。程穗发现自己的神经太大条了,她完全没料到这个背地里苛责着儿媳妇的老头居然分分秒秒恐惧着即将到来的死神——梁爸就快被死亡本身给吓死了。

　　梁爸的焦虑与梁妈的平静相映成趣,梁妈镇定地倾听着梁爸的倾诉,安抚着梁爸的紧张,老两口跟新婚燕尔似的,寸步不离。程穗的父母面临同样的灾难时,她还小,不记得当时的天崩地裂,但她以一个文科生的敏锐察觉到梁妈眼中的得意——就是得意,而不是悲伤。

　　“我怎么觉得你妈似乎很享受这个过程?”程穗忍不住跟梁三思嚼舌头。

　　“我爸能回归家庭,我妈肯定高兴,”梁三思没觉有什么不对,“遗憾的是,好景不长——就让他们幸福地度过这一段吧。”梁妈先前的吝啬、连同对梁三思婚姻的反对与无视,在梁爸这番灾难面前,也都烟消云散了。梁三思愿意原有她,他重新把梁妈的电话放进了联系人的行列,大难来临,那终归是他的爹娘。

　　梁妈的到来,恰逢其时,程穗的反应已经过去,状态上佳,梁妈下厨,菜品丰盛,程穗的肚子迅速膨胀起来。如何跟婆婆睦邻友好,程穗同样没经验,不过,这一次,她觉得自己捡到了金元宝——她没费什么心思,就与梁妈相处甚欢。

　　梁妈是个女汉子,个子高,肩膀宽、胯骨宽,丰乳肥臀,眉眼疏朗,说起话来嗓音透亮,像意大利画家提香笔下的女人,有点波澜壮阔的意思。这样的女人,自是一番大气磅礴的气象,不是牙尖嘴利平生事端的相貌。程穗喜欢这样的婆婆,当然,她并不知晓梁妈对自己的不喜欢。对这送上门来的儿媳妇,梁妈生出一种微妙的骄矜,那是历经繁文缛节方得洞房花烛的女人所具有的,这之间的差距就是两个字:身价。仿佛穷乡僻壤的女子,逼着公婆贷款筹办婚礼,明知那巨额的债务其实是上了自己的身,依然执意,为的就是,花钱花力气所带来的,那样一种恶狠狠的却又战战兢兢的重视与爱惜。

程穗自动舍弃了这份重视与爱惜,说起来,也是替梁家省了。梁妈却不领情。不过,梁妈的世故圆通,足以将这份不领情紧紧缠裹起来,她待程穗客客气气的,简直宾主尽欢。

来了没几天,梁妈陪她去做了一次孕检,婆媳俩单独待了一整天。在医院排队的时候,梁妈毫不避讳地跟她闲聊起大半年前做试管婴儿的事情,说起生养梁三思时的糗事,说起想生二胎做试管的种种不顺。梁妈告诉她,刚生了梁三思,手忙脚乱,喂奶的姿势怎么都弄不好,梁三思含不到奶头,饿得直哭。梁妈自曝家丑,程穗也就推心置腹起来,说起不知道要怎么养育小毛头,娘家妈妈病着,是一点儿都指望不上。梁妈脸上的笑容像才出冷柜的冰激凌,甜蜜又冰冷。

"不要紧,等孩子生下来,送回我那里,我雇两个保姆,一人带一个,孩子的事儿,我全包了!你们两个,该念书,念书!该干吗,干吗!"梁妈的承诺让程穗简直不敢相信自己的耳朵,她想起在电话里自家小姨的提醒:"现在流行的说法是,妈妈生,外婆养,爷爷奶奶拉力观赏,爸爸下班就上网。你是没有娘家帮忙的,你要早做打算,谁来带孩子?两个呀……"小姨悲喜交集的眼泪几乎要把电话线给浸湿,隔着听筒程穗的耳朵都能感受到丰沛的水分。当时程穗故意装出轻松的语调,满不在乎地说:"小姨你放心吧,梁三思他妈会管我们的。"没想到,信口胡诌的话,跟童话故事似的,居然会心念成真。

孕检完成后,程穗主动邀请婆婆去看电影。程穗选择了一场新上映的大片,坐在电影院里,她完全沉浸在了跌宕的剧情中。她不知道,坐在她身旁的婆婆心里头正翻江倒海。那场电影从头到尾梁妈都在走神,她对这个掉价的媳妇儿太不满意了,散场的时候她觉得自己的决定是明智的,留下两个小孙孙,按照自己的模式来教育,避免重蹈梁三思的覆辙。至于程穗与梁三思,就让他们自生自灭去吧。此刻,梁妈突然发现了梁爸身上那些朝秦暮楚的德行并非都是坏事,她空前期望梁三思能够子承父业,喜新厌旧抛弃掉程穗。

梁妈沉得住气,面上一团和气,出了电影院,在拥挤的人群中,一只手搭在程穗的肩膀上或是笨重的腰身上,像个男人一样护卫着她。这一天的亲密接触,让程穗有了一种天长日久的依托,这份依托,甚至未曾在梁三思身上寻到过。有梁妈在,程穗虚浮忐忑的状态一下子就踏实下来,她有了把日子过下去的信念。这信念,源自婆婆,而非梁三思,程穗真是始料未及。

梁爸却是每况愈下,浑身不得劲儿,今儿头疼,明儿腰疼,跟个怯弱的孩子一般,依傍在梁妈身畔。梁妈分明也坐不住了,领着梁爸去省城最好的医院复查。

复查那天,程穗和梁三思早早待在厨房准备着饭菜。两个人分工明确,梁三思择菜,程穗上网,在满厨房的油烟里研究着梁爸的癌症是不是到了行将就木的地步。查着查着,程穗分了心,说起梁妈。

"你妈,比我妈好。"程穗用了简单的"好"字,但梁三思只是一笑,他不懂得一个媳妇对婆婆有如此好感,是多么稀罕的一件事。他还没机会见过疯掉的程妈,只是听程穗说过,程妈是个古典的女人,古典到了什么程度? 孟姜女什么样? 程妈就是那种女人,比之有过之而无不及,所以没进教科书,进了疯人院。而梁妈是什么人? 老公生了病、丢下怀孕滋事的小三,人家梁妈尽展大将风度,掩护老公逃逸,还挥斥方遒,料理善后。这得有多么强大的内心!

程穗对贪色又懦弱的梁爸没什么好感,她一边在网上浏览,一边坏坏地假想着如果梁爸不治,梁家就剩下梁妈,说不定婆媳两人一来二去的,能够情同母女也未可知。

　　门铃响的时候,程穗努力做出沉痛的表情,谁知道迎面却是喜笑颜开的梁家伉俪。梁爸扬扬手中的 CT 片:"没事了!警报解除!"梁三思不解:"好转了?"梁爸挑挑眉头;"纯粹是误诊!哪有什么癌症!你老爸我健康着呢,还能再活五百年!"梁爸转头对梁妈说:"老婆,今儿幸亏你让我去大医院,小地方就是庸医多!害得老子没吓掉半条命!罢了,算命的不是跟你说过我今年有一劫?亏得应在这上头,没出啥大事!熟人熟事的,老子就不找他们医院打官司了!"梁妈瞪他一眼,嗔怪道:"瞧你那些吓死人的症状,我还以为真的……"梁妈蓦地收口,这句话在一片喜气中显得很刺耳,梁爸和梁三思已经在张罗着晚餐喝什么酒庆祝了,根本没留意,却是停留在了程穗的心上。梁妈那话里未完待续的内容究竟是什么呢?程穗是好学生,颇有钻研苦思上下求索的精神,于是,这省略号在那个黄昏就如同骨鲠在喉,欲拔之而后快。

　　餐桌上,梁爸梁妈打情骂俏的,梁爸主动交代当初险些扶小三上位的心路历程,疾言厉色地痛斥了小三贪图钱财的恶劣本质,庄严慎重地向梁妈道歉,并许下白头到死的山盟海誓。在柔情蜜意的滋润下,年老色衰的梁妈像一朵经过美图秀秀处理过的枯萎的玫瑰,颜值迅速飙升。

　　就在老两口自娱自乐喝交杯酒的刹那,程穗脑洞大开,脑残地说出真相:"妈,我明白了,爸本来就没病,对吧?"程穗是带着一种解了一道高难度数学题的喜悦,而且,这是历史性的一刻,程穗对公公婆婆唤出了父母的称谓,在这以前,她一直回避着对他们的称呼,纵然对梁妈颇为中意,她也没能迈过那道坎。

　　可惜,梁爸梁妈对此全无所察,程穗的话,让他们同时脸色大变,梁妈被一口汤给呛住了,咳得厉害,程穗递过去一杯水,被梁妈挥手推开,水洒出来,溅了一桌一地,有一些,溅到了梁妈的衣服上。

　　程穗忙着收拾残局的时候,梁爸站起身来,动作幅度很大,四肢僵硬得就像假肢,噼里啪啦带翻了椅子、带翻了碗筷。他掏出手机,哆哆嗦嗦地一边拨号码,一边朝外走去。程穗听见他说的头两句话,是拨给梁妈的姐夫。梁妈应该也听到了梁爸的电话,她做出一个阻挡的姿势,但随即,她坐回椅子上,如泥雕木塑一般,不再动弹。

　　梁妈的姐夫有没有扛得住梁爸劈头盖脸的责问,程穗不得而知。梁妈的姐夫在县城医院当大夫,梁爸就是在那家医院被"癌症"了。

　　程穗像个女版福尔摩斯,从蛛丝马迹中破获了梁妈苦心孤诣设下的局，只是没人为她高超的探案术喝彩。梁三思哭笑不得地戳了戳她的脑门，说了句："平时没见你这么心直口快啊！"程穗还没反应过来，梁爸和梁妈就离开了省城，跟来的时候一样，他们是前后脚走的。梁爸先走，梁妈后走。

梁妈离去时，望了程穗一眼，她的眼神是程穗从未见过的谜和痛，以及，冰块一般的寒气嗖嗖往外冒。她仿佛有什么话要对程穗说，却什么都没有说。

程穗这祸闯得太大，以至于她愣神了好多天。这些天，不断有人给梁三思打电话，都是老家的亲戚，是不是谴责他那没脑子的老婆，程穗无从知晓。不过，梁三思没有隐瞒她事件的进一步发酵，最新进展是，梁爸把梁妈的姐夫告上法庭了，梁爸坚决跟梁妈离婚了，梁爸跟一个发廊女闪婚了。每件事，其威力都直逼地震与火山。

"我在 23 岁的时候，成了单亲家庭的孩子。"梁三思开了个玩笑。程穗不知道该说什么，她凝视着梁三思，梁三思却避开了她的眼神。

梁三思介意或是不介意，难过或是不难过，程穗都没有勇气去探究。她甚至不愿意去回忆那个傍晚所发生的事情。她有一种极其不真实的感觉，她反复想起梁妈陪她孕检的那一天，婆媳俩挽着手走出医院大厅，外面是一大片银杏树，银杏叶落在地上,落在草坪间,落在低矮的灌木丛中,那柔和轻盈的淡金色,温暖逶迤地一路铺排开去,像是某种静美的盟约,沿着洁净的时光小径,安静地、明亮地延伸着,没有尽头似的。

梁妈和程穗的手机里,分别存有好几张在银杏树前的合影,自拍的,身后是铺天盖地的银杏叶。拍照的时候,梁妈的头亲昵地凑过来,挨着程穗的面颊。程穗不太习惯肌肤亲近,她闪躲般地将头微微仰起。她记得光线透过稀疏的树叶,轻轻刺痛着她的双眸。

那时,在程穗的眼中,一切是多么多么的好,自幼年便残缺的家庭生活正在被婚姻所修补,她甚至觉得,怀孕生孩子,是一个无比靠谱的选择。

## 十三

梁爸梁妈离开后,小两口切换到了自力更生的模式。梁爸早已缴纳了一年的房租,除此之外,他们没有给这对仓皇的小夫妻留下任何东西。

梁三思和程穗各司其职,梁三思的工作是负责赚钱养家,程穗的工作是负责貌美如花。也许是经验欠缺,两人的工作都完成得很不好。梁三思有些小清高,只找跟专业相关的活儿,又是在校学生,不可能全职,面就窄了,收入也有限,最后仍然是在一些小规模的补习学校做老师，额外兼了两份家教。补习学校生源不稳定，员工也就不稳定，家教亦是短期的，梁三思随时奔走在工作与找工作、失业与即将失业的路上。

双胞胎让程穗的血压超出标准值，她不得不妥协，办理了休学手续，宅在出租屋里，穿着睡衣、抱着手机，终日躺在沙发上。梁三思每每在进屋的瞬间大脑出现短路，面前这个剪短了头发、胖得像气球一样的女人是谁啊？画报里的孕妇不都是面露优雅微笑的吗？还有，那些被曝怀孕的女明星不都是通体散发着圣母般的光芒吗？

要命的是，程穗无师自通地学会了攀比。她花了大把时间追剧，结果就是拿着梁三思跟文艺片里的男主角对比，那些男人都是一个门派的，对待女人跟敬神似的，各种顺从，各种宠爱，各种专情。梁三思立马就被偶像们打败了，又呆傻又笨拙又不解风情。

"看看，哪部片子里不是老婆怀孕了，老公给端洗脚水，还给讲笑话寻开心？你呢？就会惹我生气！你说说，这差距有多大？十万八千里！比不上就是比不上！"程穗信手拈来一个例证，梁三思就哑口无言了。

更烦的是，程穗跟身边的女同学逐渐没了共同话题，人家忙着谈一场刻骨铭心的恋爱，她却挺着大肚子等着做妈，梁三思不知道她心里经历了些什么,总之,她忽然跟一帮八辈子没往来的中小学同学联系上了,还都是早婚早育的小镇或乡村女青年。程穗的手机费暴涨,那帮辣妈,在给程穗传授孕产知识之外,顺带聊八卦,打听程穗是不是嫁了个有钱人,否则怎么会在大学阶段结婚生子? 程穗是如何跟旧同学描述自己的老公,梁三思毫无兴趣,他所面对的,就是程穗的哀怨与叹息,程穗幽幽地说:"人家老公,好歹有份正当职业,最不济也去找份小区保安的活儿,每个月赚的钱,养家糊口是没问题的,没有谁在家做无业游民……"这话太伤自尊,梁三思就火了:"我哪份职业不正当了? 你要觉得小区保安好,你当初、你当初你怎么不嫁一保安?"程穗不甘示弱:"跟我结婚后悔了不是? 后悔你怎么不早说? 那会儿是谁上赶着要我去扯证的? 你不想结婚你早说呀! 你以为离了你我就只能找一保安? 你以为自己比保安强多少?"梁三思梗着脖子:"我是不比保安强,我要比保安强,我就不待在这里了!"程穗顿时泪雨滂沱:"我明白你的意思了,你要是有本事,压根不会看上我,对不对? 你找我,也就一勉强的选择,是不是? 你说话呀! 你!"程穗抓住梁三思的衣领,开始上演功夫片,一双拳头捶打着梁三思,摇撼着梁三思,声嘶力竭地声讨着:"我要早知道你是这想法,我不会留下孩子的,我带着他们,我们仨一起死在手术台上……"怀孕以后,程穗的眼泪就像夏季的河道,水源充足,她大滴大滴落下泪来,梁三思有些慌,有些凌乱,他被程穗摇得发晕,只想息事宁人,昏头昏脑地讨饶:"我没说保安不好,保安这职业挺好的,要是没有他们,警察哪儿管得过来那么多鸡毛蒜皮的事儿?难不成每个小区、每个地下停车场都派警察来守着?所以,我们的生活是离不开保安的,他们收入不高,还日夜轮班,好多人还是农民工,家里丢着留守儿童,他们真是为城市的安宁做出了巨大的贡献……"梁三思滔滔不绝地说下去,几乎是在书写一封致全体保安的慰问信,程穗被他的话给逗乐了,摸摸他的额头:"都说什么呢?你发高烧了?"梁三思暗自舒了一口气,知道是逃过了这一劫。

程穗的情绪让梁三思生出了厌烦,她变得喜怒无常,梁三思就像玩一种叫作扫雷的游戏,程穗就是那一大片地雷啊,不知道哪根筋搭错了,突然间就炸了,爆炸以后的程穗就是另外一个女人了,歇斯底里、擅长猜疑、热衷诬陷。比这更糟的是,夜里梁三思常常被程穗的呼噜声吵醒,有种不知身在何处的感觉,借着窗帘透进的天光,他依稀看到程穗脸上有大团大团妊娠斑的暗影,程穗长胖以后,修长的脖颈显得很短很粗,下巴处有好几层褶子,而且鼾声惊人,头发还散发着久未清洗的酸馊味儿。那个羞怯斯文、漂亮讲究的小姑娘哪儿去了?婚姻登记处怎么给他换了个又麻又辣、又丑又脏的泼妇?

　　要命的是,这个满肚子都是火药的孕妇,竟然具有胶水的质地,仿佛一切的目的动机和诉求,就是为了把梁三思牢牢地、须臾不离身地粘在一起。这让梁三思产生了逃离的念头。进入夜晚,他甚至有了轻微的恐惧,良好的睡眠像水一样流了过去,失眠如影随形,就算是梦境正酣,他也会莫名其妙地惊醒。有时,他会光着脚下床,来到过道里,点起一支烟,细微的动作让声控的路灯亮了又灭,灭了又亮,明明灭灭间,狭小的走廊仿佛阔大无边的露天戏台,上演着悲与喜、生与死。梁三思莫名地,就有了想流泪的感觉。

　　他用了更多功夫去赚钱,却并不想放弃自己的傲骨,于是千方百计找了更多补习学校的兼职。他锱铢必较地盘算着收入和支出,差不多忘记了还剩下大半的硕士学业。这时,学校里发生的一件事,给了他惨重的打击。

　　梁三思的理想是做大学教师,他热爱理论研究。他的硕士生导师是传媒学院的院长,是学界闻名遐迩的大家,别的学院进教师通常要求具备博士学位,但在传媒学院,有一条不成文的规则,凡是担任了院长的助教,就有很大的胜算可以留校任教。院长是省里的学术与技术带头人,按照学校的设定,可以物色一名研究生做助教。院长的助教都是从他自个儿的师门里产生,梁三思是院长的得意门生,以第一名的成绩从本学院升上来,本科阶段就在核心期刊发表了两三篇文章,导师对他的青睐,在师门里有目共睹,助教的位分,似乎天然是留给他的。这也是梁三思不愿意为五斗米而折腰的缘由,他特别想在硕士阶段多发几篇理论文章,顺顺利利地留校任教,然后在职攻读博士,一步步发展下去,像他的导师那样,做一个学问大师。

然而,立冬那天,梁三思接到一个电话,电话是同门师弟打来的,师弟告诉他,助教的职位宣布了,不是梁三思,而是由导师的另一名弟子夺得。那是正午时分,梁三思刚从浴缸里捞出一条鲫鱼,开膛破肚,准备给程穗做藿香鲫鱼。为了节约,周末他会搭地铁去远郊的市场,买回好几条活鱼,养在房东家老旧的浴缸里,现杀现吃。那是一个突如其来的电话,梁三思手里捏着鱼与刀,将手机夹在耳朵边。程穗缓慢地走来走去,帮他打下手,剥蒜、择菜什么的,她的肚子已经很大了,在逼仄的厨房里像个庞然大物。

程穗忽然意识到梁三思停止了他的屠杀,那条鲫鱼拼死一挣,跌到水槽中,噼里啪啦地乱蹦乱跳。梁三思没有去抓那条鱼,他愣在那里,程穗走过去,将手里的藿香在梁三思眼前晃了晃。梁三思握住她的手,让她在餐桌前坐下来,梁三思匍匐了下去,将头埋在她的双膝间,沉默不语。程穗心跳得厉害,一连串疑问堵塞在喉间,到底发生什么事了?他生大病了?他变心了?

他杀人了？

都不是。梁三思说出了助教的事情。梁三思以为，程穗会跟他一样伤心难过，可是，程穗听完，云淡风轻地站起身来，继续朝厨房走去，继续择着香菜，口中不痛不痒地说："吓死我了，我还当是怎么了呢！这都是天意，不能留校也不会死人的。只是可惜了那助教津贴，每个月是五百块还是多少？不过呢，领了那五百块，就把人给拴住了，哪能到外头兼职上课赚钱？喂，你倒是快点儿，我都饿得两眼发花了。"

梁三思机械地跟在她身后，去做那道藿香鲫鱼。程穗吃鱼的时候，他忍不住又说起师弟的电话，师弟在电话里告诉他，谋到职位的那位同门，资质平庸，不过人家找了位长袖善舞的女朋友，那姑娘一举拿下了院长的千金。原来导师刚刚经历了中年男人的"三大喜事"之一，死老婆。新任师母是学院里的女老师，海归博士，年轻、时髦，还处在院长夫人的考察期，未曾登堂入室。院长的千金不干了，随时朝着她爹和她爹的未婚妻发飙，那位同门和他的女朋友常常在导师家走动，遇见了这茬儿，姑娘就主动请缨，也不知使了什么招数，将小家伙的火给灭了。从此，千金一撒野，院长就火速召姑娘入室灭火。灭来灭去的，梁三思唾手可得的机会就假手于人了。

"早知道是这样，就该让你去接近那孩子。"梁三思扼腕叹息。

"让我去,我也没那能力,我又不是灭火器。"程穗抢白。

"纽扣掉了,你缝一缝吧,怀孕了,也不能这么邋遢吧。"梁三思下意识地指了指程穗敞开的衣襟。

"我就说呢,一中午了,魂不守舍的,到底说实话了! 嫌我难看了? 嫌我没本事帮你留校了? 是不是特后悔跟我在一起?"程穗咄咄逼人。

"又来了! 你能不能就事论事,我说的是纽扣,不是留校!"梁三思没好气地,"别说了,赶紧吃鱼,都快冷了!"

"还吃鱼呢? 你自个儿尝尝,你这鱼什么味儿! 你想咸死我是不是?"程穗啪地将筷子一掷,"不愿意面对我这个黄脸婆了是不是? 你也不想想,是谁把我变成这样的? 要不是你,我能这么惨吗? 要不是你,我照样穿裙子穿高跟鞋,我照样上课,我他妈要是乐意了我还找别人谈恋爱去!"

"你赢了,我投降!"梁三思无心恋战,举起双手,试图用调侃的口气化解眼前的危机,"想找别人谈恋爱是吧? 这个简单,等生完孩子,你爱找谁找谁去,我不拦着,好吗?"

他错了。

"你混账!"程穗一耳光甩过来,把梁三思打蒙了。他反应过来的时候,程穗正暴跳如雷、唾沫飞溅:"你想甩掉我? 没门儿! 我就知道,你一定是变心了! 才这么短的时间,你就见异思迁,你他妈的不是人!"这强大的控诉让梁三思再度陷入片刻的恍惚。面前的程穗穿着睡衣,从身体中部高高隆起的腹部像是一座畸形的荒山,梁三思每次看到那里,就会莫名其妙地生出恻隐之心,然后忍不住移开视线,仿佛一个杀人凶手对于自己制造的凶案现场心生恐慌。

"你把我害成这样,我不会放过你的……"程穗指着他的鼻子,她的手指冰凉尖利,像一把匕首。梁三思没有被她的耳光激怒,却被她的手指激怒了,在男人的世界里,这是一个挑起身体战斗的信号。梁三思本能地接招了,他以为自己用了一个温和的姿势,想要避开程穗的手指,但是,不知道是怎么回事,他的手势被程穗误读,当然,也可能是他的手指接收到的大脑指令有误,总而言之,当他彻底清醒过来的时候,场面已经极其混乱,程穗躺在地上痛苦呻吟,而他的脸上全是抓痕。

## 十四

香香比臭臭早出世三分钟,也比臭臭重三两。但是,臭臭会喝奶的时候,香香还插着胃管。臭臭会吃手的时候,香香还不会抓握。臭臭会冲着程穗咧嘴微笑的时候,香香还不能竖抱。香香什么都比臭臭慢半拍。

程穗站在婴儿床前时，逗弄的总是臭臭，因为她知道，香香对一切来自外界的信息基本没什么回应。有的时候，她望着她们几乎一模一样的小脸，会生出一种幻觉，仿佛她们是彼此的镜像，是彼此的影子，是一分为二的一个整体。从根本上来讲，她们就是同一个孩子，一个在镜子之内，一个在镜子之外，如此而已。

两个妞大名没有，户口也迟迟拖延着没有去上，小名倒是程穗早早就起好的，香香、臭臭，版权属于出租房隔壁人家喂养的两只小狗。当她们还在肚子里时，有一天，程穗听见对门邻居呼唤自己的爱犬，就这样剽窃了下来。梁三思没有异议。准确地说，那时梁三思就没有把取名这事放在心上。一切都显得非常随意。

程穗在生产的时候很受了些罪，幸好都是有惊无险，月子里又经历了剖腹产伤口开裂，经历了涨奶回奶以及乳腺炎，经历了荷尔蒙下降后的轻微抑郁，但毕竟年轻，她渐渐恢复起来，除掉松垮垮的腰身和小腹上长长的刀痕，这场生育似乎没有给予她太大的改变。当她戴着帽子躺在床上用手机上网的时候，甚至产生了如释重负的感觉，快了，一出满月，就刑满释放了。出狱以后，头一桩事，就是回学校申请复课。运气好的话，赶着修完学分，按照原来的年级毕业也不是不可能呢。她挂念着她的大学。

受苦的是孩子。

两个胎龄仅仅 30 周的小东西,出生以后就住进了保温箱。梁三思亲手抱着她们送进 ICU,他的记忆停留在自己僵硬笨拙的动作上,对于比小猫还要弱小的两个新生儿,他的脑子自动屏蔽。

梁三思签署了好几次病危通知书。脑出血、呼吸窘迫、新生儿肺炎、黄疸,一长溜陌生的病名,那些字,梁三思都认得,但他恍惚感觉自己是在念外文,其间的含义,遥远得像是属于另外一个星球。

他没有丝毫的切肤之感。

银行卡里的钱以迅雷不及掩耳之势在缩水,一个孩子,每天的开销将近一万,两个就是快两万。两个星期过去,二十几万就没了。

这些钱,是梁妈赞助的。

梁妈在接到升任奶奶的通知以后,到底还是走马上任了。她一到,正赶上陪着梁三思一人抱一个巴掌大小的娃娃往新生儿监护室里送。梁爸压根儿没露面,问明是俩女娃,又听见早产了这么多,在电话里对梁三思说:"这么早就钻出娘胎,也不知道脑子发育完善了没有,现在社会竞争这么激烈,生存压力这么大,要是俩小傻子,可怎么了得……"梁三思没听完就把电话给挂了,倒不是梁爸的话太绝情太刺耳,其实当时他脑子里乱哄哄的,梁爸的话根本没走心,他不知道生个孩子会有这么多的麻烦事儿,护士一会儿来问程穗的尿量,一会儿来按压肚子,一会儿又让拿垫子去称出血量,他都被指挥蒙了。

月子里的情形就是,梁三思三天两头朝医院里跑,签字、听病情、交钱,程穗则待在家里,上网、睡觉、对着肚子上的褶子烦恼。有时也想起孩子们还在腹中时的情形,拳打脚踢,终于,她们出来了,终于,一切复旧。

没人惦记那俩丫头。

不对,有人惦记着。是梁妈。梁妈心疼她的钱袋子。在孩子们出生的第三天,梁妈就返回县城了,她要打理她的火锅店,梁爸此时带着新任太太去了欧洲看风景,梁妈没了男人,不能再没了事业。她每天一通电话,询问梁三思进展。梁三思就把大夫交代病情的那些话重复一遍,梁妈听不太懂,她留意的,是涨洪水一样势不可挡的医药费。挨了半个月,梁妈沉不住气,亲自来了一趟,亲自去听大夫说了一次病情,这一回,摒弃掉梁三思那些文绉绉的表达,梁妈从大夫那儿套出了大白话,那就是,两个孩子凶多吉少,即使活下来,多半也是脑瘫。

这个定论,让梁妈捂紧了自己的口袋。她是生意人,生意人怎么可能去做明知是赔本的买卖呢？坚持了这么久,花费了这么多,算是仁至义尽了。

"救活了,若是两个健健康康的丫头片子,再多的钱,我也出,我卖餐馆卖房子,不够我砸锅卖铁,我割腕卖血,我都认,但现在这样,就算活过来了,也是家庭的负担、社会的累赘,我一分钱都不会出了。"梁妈的决断,让梁三思想到,终究是原配夫妻,梁妈与梁爸的态度惊人地一致。

"老娘站到顶楼,拿着钞票往下撒,也不带这么快的!"这是梁妈在最后一次给梁三思往卡里打钱时说的。在这以后,梁妈拒绝提供经济援助。

程穗的小姨来过,搭乘打半价的深夜航班,待了一天,又搭深夜航班返回,给程穗留下了几千块钱和一些婴儿衣裳。小姨再不能为她做什么了。

没钱治疗,就得放弃。此刻程穗方觉出了痛,仿佛麻醉过后,躯体与感知在逐渐恢复中,她的两个孩子,在她肚子里欢实动弹着的两个小家伙,因为缺钱,就要永久地失去了。先前在出租房里坐月子,不管不顾的,那是心里有底,是有一种无论等待多久,那两个小淘气终究会回到自己身旁的笃定,甚至为这笃定生出厌烦,希望时间慢一点再慢一点,可以享受肆意妄为的独处时光。真要到了最后的时刻,程穗才明白,失去意味着什么。她想起在手术台上,护士一手一个地抱过来,麻醉还没过的程穗匆匆看了一眼,都是鸡蛋大小的脸,细细的小胳膊小腿,一动不动,好像死去了一样。

对那个瞬间的回忆,让程穗猝不及防地嚎啕大哭。

那是她的骨肉啊。

程穗决定接孩子出院。她是和梁三思一起去的,表面上的理由是,梁三思一人抱不了俩孩子。梁三思向她保证,自己不是手无缚鸡之力的白面书生,那俩丫头片子一只胳膊就能囫囵下。程穗还是不肯,说孩子嫩得跟刚出锅的鸡蛋羹似的,梁三思粗手大脚的,别闪了腰什么的。心里的隐忧,程穗却是没有说出来,事实是,梁三思开过的玩笑,在她脑子里生了根。

程穗在月子里,梁三思为了让她开心,尽跟她东拉西扯。如何安置两个小家伙,成了梁三思插科打诨的重要题材。梁三思和程穗都不是歪瓜裂枣之貌,俩小妞的样貌估计不会有太大差池,若是福大命大,能够活着出了保温箱,也不必接出医院了,就在产科病房物色两名刚生了儿子的产妇,一人一个,偷偷放到身旁去,凑足两对龙凤胎。料想不会有人拒绝这天上掉下的林妹妹。这样既解决了梁三思与程穗的抚养重压,又给孩子们寻得了理想去处,简直是两全其美。梁三思沉醉在自己的绝妙主意中,不断完善细节,不断修订步骤,不断假想那两个产妇如何对待这件儿女双全的美事。程穗起先还笑，笑得猛了，连伤口都被扯痛了。渐渐地，程穗笑不出来了，不仅不笑了，独自一人的时候，沿着梁三思设计的线索一点一点深入地摹想下去，竟是想得心头发酸，眼眶发湿，似有一条隐隐的钢丝，割裂着她的肉身，五脏六腑都疼痛起来。

她的孩子们，就这样给送走了，她甚至连抱都没有抱过。从她的腹中到世间，从黑暗混沌的羊水中到光明阔大的空气里，她们母女仨经历了从至亲到至疏的距离。有一天，当孩子们知道了身世，抑或是当她思想起她们，彼此之间，要往何处去呼唤去寻觅？

程穗的知识储备里从来就不缺乏各类狗血剧苦情剧，将这情节交错纵横地拼凑起来，竟是可以朝着不同的方向延伸开去，但无论是怎样的峰回路转，终究是一出愁肠百结的虐心剧。

梁三思一人去接两姐，程穗就不放心了。天知道呢，万一他根本不是开玩笑，而是试探她的反应呢？他要是真那么做了呢？这一层担心，她没有说出口，说出来，不过是梁三思指天发誓、掘地三尺地自证清白，问题是，无论他怎么信誓旦旦地保证，她都不放心。

于是，她穿着厚厚的棉大衣、笨重的大棉鞋，戴着帽子，蒙着口罩，出门了。她与梁三思并肩站在暖气很足的医院走廊里听新生儿重症监护室的大夫介绍情况。大夫说的是,父母坚持出院,那就出院吧。不过,父母要有思想准备。臭臭恢复的情形相对较好,但香香,肯定是脑瘫。

梁三思抱着臭臭,程穗抱的是香香。下雪的天气,孩子被大夫裹得严严实实的,却跟没什么分量似的,像随手抱着什么东西,一本书,或是一件器具,实在是不费吹灰之力。站在医院大门口等待出租车的时候,程穗却发现自己出了一身的汗。

回到出租屋,沉睡中的香香可能是饿了,本能地咂摸着自己柔软的小嘴唇,轻哼了一声,这个小动作,让程穗感到了胸中胀满的怜爱,她后悔自己没有保存住母乳,要是能倾听着小家伙们大口大口吞咽着自己的乳汁,那将是多么幸福的一件事啊。

"她俩的鼻子简直就是你的翻版。"程穗对梁三思说,梁三思站在她身旁,凑近盯着两个孩子,久久凝视着,脸上的表情是程穗从未见过的,带着敬畏与肃穆,以及,奇怪的陌生。

梁三思笨手笨脚地冲好了奶粉,程穗让香香平躺在自己的臂弯里,用奶瓶给她喂奶粉。香香吮吸着橡胶奶嘴,程穗则爱不释手地抚摸着她吹弹得破的皮肤、珍珠般的耳垂、腮边毛茸茸的胎发,怎么看都看不够。程穗想,先前怎么就不知道呢,小娃娃竟然这么可爱这么好玩——一念至此,她猛然发觉奶瓶里的奶液丝毫没有减少。

香香居然不会喝奶。

程穗不知道,所有的繁琐都从这一刻开始了。梁三思找同门师兄借了钱,重新把香香送回医院,住院十五天,香香终于能够自行喝奶,出院了。出院第三天,香香咳嗽不止,喝奶的时候喘得跟头刚犁完地的牛似的,于是,再度入院,原来是哮喘。重新借钱、住院、出院。

香香不满五十天,已经住了两次院,五次半夜三更出状况进医院看急诊。相比香香的大手笔,臭臭那些拉肚子、厌奶、鼻塞等等,简直是小儿科。

程穗的生活只剩下两件事,崩溃,以及即将崩溃。

## 十五

复课变得遥遥无期,程穗单独照看着两个状况百出的早产儿,而梁三思则马不停蹄去赚钱。梁三思的工种已经多样化,白天在一家广告公司做策划,晚上替人当枪手写各类职称论文,同时还跟师弟经营微店,专销考研资料。短短几个月,他心里怀揣的大学教授的职业理想已经灰飞烟灭,他面临的,是与程穗一同降级、延期毕业。甚至是,能不能毕业,都不太重要了,重要的是,赚到钱。

每天晚上,累得像条狗一样的梁三思回到家里,面对的是同样累得像条狗一样的程穗,通常是,他们对望一眼,坐下来,一起吃着梁三思打包回来的饭菜。这是程穗一天中唯一的一顿正餐,她没有时间给自己做饭,饿了,就吃几块饼干充饥。她的睡眠也被切割得七零八碎,臭臭被肠绞痛折磨,可以哭上一整宿,但用上"飞机抱"的姿势与西甲硅油的网络绝杀技是可以缓解的,而香香,可恶的香香是没有任何理由地哭,哭得撕心裂肺,哭得肝肠寸断,是想哭就哭,不想哭则戛然而止。程穗的作息已经脱离了日与夜的轨道,她觉得自己正在变成一个机器人,丧失了吃饭与睡觉的权利。

极其荒诞的是,当日常生理需求被压缩到了至简、绷紧到了极限之时,精神原野反而空前地枝繁叶茂起来。没孩子时,程穗没觉得自己是有理想、有追求、有梦想的有志女青年,她是那种随波逐流的应试教育的产物,考好分数,做乖学生,考上大学,顺当毕业,人生就 OK 了。或许,在那个时候,来日方长,前路充满了各种各样的可能性,生命是一个温柔呵护、耐心等待她瓜熟蒂落的果园,她可以不急,可以信马由缰。但现在,所有的不确定都成定数,所有的主观题都有了一字不差的答案,她的身心被牢不可破地圈定在了这间狗窝里——她把出租屋称作狗窝,乱七八糟的奶粉罐、澡盆、来不及扔掉的尿不湿、清洗了晒干了来不及折叠的小衣服与来不及清洗的屎尿横飞的床单被褥与这称谓很是登对。在这荒芜杂沓寸草不生的现世空间里，精神的花朵顽强不屈地发芽了、茂盛了、扬花了。程穗惊觉自己有那么多想做的事。她想考英语六级，四级早过关斩将了，当时她为什么就没有趁热打铁接着考呢？她悔得肠子都要青了。她想去学校新闻中心当学生记者，这念头是入校就有了，迟迟没有付诸行动。她还想开微店，她有个舍友开了个店，卖化妆品，每个月能赚够自己的生活费，这码子事儿发生以前，舍友邀她一块儿干来着。还有还有，她想穿着高跟鞋与男朋友（可以是梁三思也可以是别的男人）手牵手看电影下馆子喝咖啡，就算什么都不做，两个人依偎着坐在教室楼顶的天台上晒晒太阳说说情话都好。

但现在，什么都不可能了。

她变成了囚鸟。这囚笼，不是爱情，不是监狱，不精致，不奢靡，无金属质地，无丝竹之声，纯粹是由吃喝拉撒屁屎尿尿焊接而成。

这样的感受，一日一日憋屈在她心里，无从诉说。如今，她和梁三思几乎从不聊天，也从不做爱，他们胆战心惊地避免着发起任何会话，也避免着任何亲密行为。因为，无论说什么，无论做什么，最终的结果一定是争吵。值得程穗大动肝火的事情太多了，吵来吵去，不管起因是什么，最终必然会落脚到那次引发灾难的吵闹，如果没有梁三思的失控，两个孩子何至于早产，香香又何至于成为脑瘫儿。

作为始作俑者，梁三思起初很是羞愧，尤其对着香香，他自感罪孽深重。可是，随着程穗反反复复的申讨，他的感官开始变得麻木，到了后来，程穗一开口，他一听到程穗那高亢的指责声，就会胃液上涌，恶心至极。愧疚像一只候鸟，在一年中最冷的时候，缓缓飞离了他的身体。

孩子们百日那天晚上，在程穗又一次激烈的谴责过后，梁三思决定出去走走。他先去超市买了两瓶啤酒，坐在街心花园大口灌下，当他意识到，为了省钱，他连一袋下酒的花生米都没舍得买，一阵悲哀的情绪牢牢攫住了他。两瓶啤酒的酒精连微醺的状态都无法抵达，可是，梁三思慢慢走在街上的时候，感到通体轻灵，就像远离了地心引力的吸附。他畅快地走了很长很长的路。一个人，像落拓的浪子。后来，他漫无目的地进了电影院，随手买了一张票。放映的是一部即将下架的青春片，讲述一段动人心魄的爱情故事，干干净净的初恋。黑暗中，梁三思听见自己的哽咽，一声，又一声，完全无法控制。他惊觉自己正在哭泣。据说，这是一部赚取女性观众眼泪的影片。但是，梁三思哭得不能自已。

他不知道，此时，在出租屋里，他的妻子，正站在他熟睡的双胞胎女儿面前，酝酿着一出谋杀。

　　杀死香香的念头，已经在程穗的心里盘踞了好多天，像一根芒刺，深深地扎进了她的胸口，难以拔出。这个注定了终身不能自理的女儿，让程穗在生出怜惜的同时，生出了恐惧。在香香存活于世的每一个明天，生活将会呈现出怎样的面貌，程穗设想了无数次。无论是哪一种设想，结果都充满了灰暗的背景，或许，没有这个负累，一切都能好起来，她和梁三思，还有臭臭，他们终将度过最艰难的岁月，等到季候轮转，自会春暖花开。

　　程穗试过各种方法，譬如，把手合围在香香细小的脖颈上，但是，当她稍微用力，香香哭起来的时候，她便急忙将她抱起来，亲吻她的头发，哄拍着她。毕竟，理智与情感都未曾脱离她。她只是一个绝望的新手妈妈，不是一个疯狂的杀人恶魔。

　　然后，程穗想到了如何不费劲地、不着痕迹地结束一切。香香吐奶很严重，每回吃完奶，不仅要拍嗝，还要抱好半天才能平放到床上，即使如此，她仍有可能溢奶，厉害的时候，大口大口的，像喷泉一样涌出来，这就必须立刻让她侧躺，否则，很容易窒息。有一次，香香被呕吐物呛住了，背过气去了，程穗惊慌地把她抱起来，按照从网上学到的育儿知识，轻拍她的后背，半晌，香香总算缓过气来。就是这一回，程穗找到了结束她的方式，没有目击者，没有伤痕，所有的情节纯属疏忽，纯属意外。

　　那一晚，在程穗看来，梁三思是离家出走了。他的神情与平常太不一样了,当程穗数落着他的时候,他只是静静倾听,随后,他拿起外套,一言不发地开门出去,他的动作很镇定,没有丝毫生气的样子。可是,程穗突然有一种预感,他不会再回到这里来了。他连钥匙都没有带,这个小小的遗落,多半是蓄意,而非疏漏,这是一种宣告,宣告了他与这个房间里所有的人、所有的物品之间的彻底决裂。

梁三思将要离开她们母女了,这是猜测,还是真实?程穗有些分不清楚。孩子们在小床里哭起来了,她们总是这样,一起哭闹。程穗知道,她们是饿了。程穗木然兑好两瓶奶,一瓶放在臭臭的枕边,帮臭臭用手扶住奶瓶,臭臭咕咚咕咚地喝了起来。臭臭很早就可以独自喝奶。另外一瓶,程穗抱起香香,喂给她。香香什么都不会。即使是喂给她,她也喝得很慢,好像喝奶是多么困难的一件事,她看起来是那么的吃力。但终究,她还是喝完了。

程穗把空奶瓶放到身旁的餐桌上,她迟疑了一下,决定不为香香拍嗝。她把香香放回小床,让她平躺,并且撤去了她的小枕头。喝完奶以后,香香睡着了,脸稍微朝后仰着,程穗知道,对于易吐奶的婴儿来说,这是一个危险的睡姿。其后,程穗来到臭臭身旁,拿开被臭臭喝光的奶瓶,抱起臭臭,拍着她的后背,臭臭打了个大大的嗝,喷香的奶味儿冲进程穗的鼻孔。臭臭也睡着了。

程穗放下臭臭,而后,又抱起她,亲亲她质感薄嫩的脸腮,转眼,再放下去。整个过程,臭臭任凭她折腾,一直没有醒来。她不知道自己在做些什么。她曾经以为自己能够承受。其实是,她心乱如麻。她甚至能听到自己沉重紊乱的心跳声。

当她终于鼓足勇气来到香香跟前,她发现,事情的发展与自己的预期完全吻合。香香满脸都是白色的奶汁,她吐得一塌糊涂,呕吐物几乎把她小小的脸覆盖住了,像蒙了一块白布。她像个布偶娃娃一般无声无息地躺在那里,似乎已经被呛死。程穗直觉地想要伸手去抱她,可是,她的手颤抖得厉害,根本不听从她的指挥。

她不知道香香是不是真的死去了,可是,这一瞬间,她忽然想到,她的计谋并非天衣无缝,这场凶杀案,不是没有目击者。目击者是有的——臭臭就在旁边的小床里,她能够目睹全过程。

程穗几乎是踉跄着扑到臭臭的床边,她要确定臭臭没有醒过来。很不幸,这桩凶案的证人在吃饱喝足以后,舒舒服服地打了个盹,接着,睁开了双眼,默不作声地啃着自己的小拳头,一边漫不经心地欣赏着这一出精心谋划的杀人案。

臭臭清澈的双眸中,出现了程穗的倒影。小姑娘的注意力从吃手转移到程穗身上,谁也不能确知,她是否认出了这个满脸仓皇的女人就是她最亲爱的妈妈,但是,她显然很兴奋,手舞足蹈,唇间咿呀作声,她朝着程穗伸出手来,程穗怔怔的,没有抱她。小家伙委屈地瘪了瘪嘴,撒娇地哭了几声。不过,她很快就停止了哭泣,随即,毫无征兆地,冲着程穗,粲然一笑,竟是快乐得笑出了声。

那笑容如此之美好,伴随着一阵阵清脆纯净的声响,宛如天籁。

### 尾声

这桩预谋杀人案以凶手惊慌失措抱起被害人作为终结。程穗将香香伏在自己的膝盖上,用力拍打她的后背,听见“嗝”的一声,翻过来一看,鼻子里塞着什么,依然无法呼吸,嘴唇紧闭着,都发紫了。孩子太小了,不懂得当鼻子不通气的时候,应该张嘴呼吸。程穗一下一下弹击香香的脚心,力道一次比一次大,击打到第六次,香香哇的一声哭了出来。

其实程穗在周密部署杀人环节的同时,也在下意识地搜索着呛奶窒息如何抢救的帖子。她未曾察觉,杀人与拯救的过程在她的想象中一同被彩排了无数次。她想杀了香香,也想救下香香。

香香哭了一小会儿,接着无忧无虑地睡过去了。程穗看着她小脸上的奶渍,心里想的是,真是个小傻子啊,完全不知道自己刚刚面临了什么。她放下香香,精疲力竭地坐下来,整个人就像跑完了一场马拉松,累得都快虚脱了。

就在这时,她听见门铃响了。这会是谁呢?敲错门了吧。她没有想过门外会是梁三思,作为一个杀人未遂的刽子手,她的脑子处于短暂失忆中,她甚至忘掉了梁三思出门前没有带钥匙。这一要点的遗忘,将梁三思排除在访客之外便显得顺理成章。

她没有想到梁三思会出现。因此,当梁三思神情疲惫地靠在门框上看着她时,她竟然感到了失而复得的惊喜,这样的惊喜,就连几分钟前窒息的香香大哭出声时都未曾出现过,当然,也许在她的潜意识里,从来就没有想过会真正让香香死去。

程穗做了一个让她自己和梁三思都大吃一惊的动作,她使劲抱住梁三思,嚎啕大哭起来。程穗哭得酣畅淋漓,哭得痛痛快快,哭得仿佛要用眼泪的洪流冲走所有的哀与怨。后来,她发觉,这样的哭法,居然与做爱的方式和效果无比相似。

梁三思从来没有这么疯狂过,他亡命般地要将自己彻底地掩埋进程穗的身体。在这以前,做爱对于他,是一件体力活,顶多是技术活,身体是疲乏的,是畅快的,而心灵则是舒散的、休憩的,但这一回,他一边做,一边感受着某种来历不明的情绪,如此清晰,如此恻然。这种情绪,萌生于电影院,当他痛哭一场以后,当他生出了离弃之心以后,一种神秘的力量陡然让他发现,他已经离不开程穗了。

　　这样的感受，与爱情无关。即便是在爱的巅峰时期，在两个人最黏糊的状态下，梁三思也没觉得自己未来的人生会被这姑娘主宰。他爱她，可是，离开了她他也死不了。

　　如今，一切都在悄然变化着。他一想到要抛下她，抛下那两个孩子，就被深刻的伤感与强烈的自责所包围。他明白，过去那种无牵无挂的岁月，再也回不去了，他们和其他那些校园情侣已经有云泥之别，后者可以轻言分手，而他们不可以。因为，在他们中间，多了一些东西，这东西，还不仅仅是法律层面的婚姻手续，也不仅仅是血缘层面的两个孩子，是什么呢？梁三思想，也许是一种态度吧，一种面对未知甚至是面对生与死的态度，这态度，让他们一起达成了对命运的妥协，这份妥协，足以扶助他们将最难最难的日子撑持下去。

　　正常的性事恢复以后，实质性的困苦并没有因此而得到根本的改变。不过，是有些什么不同了，尽管他们仍然争吵，争吵的时候仍然翻旧账，可是，这样的争吵已经伤害不了他们，他们有了新的默契，吵完以后，该干吗干吗，全都照旧。之前一头雾水、消极应对的摸索状态，变得有目的、有计划、有执行力。

　　梁三思正式办理了休学手续，一旦放下某些执念，又有了整块的时间，找工作就没那么难了。他在一所私立小学找了一份体育教师的职位,每个月有三千块钱的固定收入。先是教小孩子们踢球奔跑嬉戏,然后他自告奋勇担当起戏剧指导,为孩子们排练了一场舞台剧。校长大喜过望,委以重任,让他兼职做艺术老师,加了一千块钱的薪水,并且答应他一年期满,给他一些时间,带薪回学校参加论文答辩。

这一头,程穗把妈妈这个职业做得心应手,在育儿论坛里混久了,她获得了好些脑瘫儿的康复方法,开始联系合适的医院。她记得有个同班女同学的姑妈在本地的儿童医院做大夫,平素跟这位女同学相交淡淡,此番厚着脸皮求上门去,人家却是十二万分的热情,不只给了姑妈的电话,还买了些小玩具上门探望两个小家伙,为她们母女拍了张照片,发在自个儿的微博里,命名为《最美大学生妈妈》。程穗没料到,就是这一无心之举,这张自己搂着两个小肉蛋的照片在网络里居然一把就火了,不歇气地被转载着,大有星火燎原之势。程穗的身份、两个早产小宝贝特别是脑瘫儿香香,引得大批善心大发的粉丝关注,关注之后,便是捐款。粉丝们表示,年轻的大学生妈妈不必顾忌香香的治疗费用,通过网络募集必能解决。

从儿童医院回来,程穗与梁三思商议后,谢绝了粉丝捐款,因为捐款帮不了香香。女同学姑妈帮她联系的大夫为香香设置了初步康复方案,其中有好些项目都可以通过家庭按摩来完成,效果的关键在于坚持，而不是大量费用投入。程穗在医院里弄明白了一个浅显的道理，脑瘫儿的康复，没有良药，没有秘籍，父母才是最好的大夫，疗效与是否持之以恒密切相关。

现在，除了必备的医疗干预手段要在医院进行，其他的，都是程穗照着视频，每日替香香完成。可惜康复的效果并不理想，好一阵子了，臭臭已经能够与父母进行良好的互动，香香还是当初那只无知无觉的小动物，孤僻、乖戾，与世隔绝。程穗不懈怠地为她做按摩、做家庭被动操，她空闲的时候对梁三思说，往后孩子们大了，她要开一家婴幼儿推拿店。不过，这个愿望能不能达成，已经无所谓，以后会怎么样，是好还是不好，她都刻意不去想，直觉告诉她，太多的事情，不会按照事先的安排稳妥进行，生活本身，就是一部悬疑片，你永远不知道，在下一个转角，你会遇见什么，你也永远不会知道，谁会陪你走到最后。

网络里的效应，程穗倒是借了势，她注册了一个微信公众号，叫作"大学生妈妈"，里头是她的哺育日记。她头一次发现，在两个小捣蛋同时睡着后的短暂光阴里，用手机书写一些闲散的养育心得，竟能带给她无法言说的、永生永世般的安心。她一日一日无欲无求地写了下去，粉丝量一日一日地增长了起来，直到有一天，一间婴童用品公司联络她，希望借助她的平台做些有偿广告，她方才意识到，这是能够产生报酬的途径。

程穗赚了很稀少很稀少的一点钱,立即变了现,给两个小姑娘买了两条卡哇伊风格的小裙子。在此之前,她们几乎没有穿过新衣服,都是网友捐赠的旧物——程穗拒绝捐款,但不拒绝捐物。她记得小姨说过,小孩子家家的,要多穿穿百家衣,方得始终,方得长久。

梁妈找上门来的时候,两个美妞正好穿着水果色的新裙子,扭打成一团。香香在撕扯臭臭裙子上的蝴蝶结。蝴蝶结是雏菊的黄色。香香对这种颜色有着奇怪的偏执。臭臭抵抗着,终于认输,大哭着向妈妈求助。程穗见惯不惊,嘴里甜言蜜语地哄着,照旧洗刷奶瓶、烹煮辅食。她已经是个老练的妈妈。梁妈就在这时拖着行李箱登门了,梁爸给付的房租到期以后,他们另外租了很小很破的房子,梁三思的电话号码也换掉了,是以梁妈费了好大的力气才打听到这里。

火锅店生意不景气,梁妈关门大吉,连县城的两套房子一并卖了,打算在省城东山再起。当然了,就此退休也不是不可以,从此就相帮着梁三思和程穗带带孩子、做做饭,扮演好奶奶的角色,这也挺好。梁妈逐一搂过香香和臭臭,亲得口水滴答的,说香香比照片上白、臭臭比照片上黑——那张盛传于网络的照片,梁妈看到了,看到以后,睡到半夜,时常惊坐起来,黑漆漆的眼前尽是两个孩子的脸,幽黑幽黑的眼睛,像透了婴儿时代的梁三思。

　　这些，梁妈没有提及，不是不想，是没有机会提及。梁三思和程穗对她很礼貌，但不肯答应与她同住，也不接受她的资助，理由是梁三思目前有稳定的收入，不多，不喝进口奶粉，尿不湿换成尿布，紧巴紧巴，过日子没问题，有问题了，再向她求援不迟。这就生分了，却又不尽然，毕竟梁三思帮她在附近租了单独的房子，周末什么的也主动打电话邀她一起吃饭，对她买给孩子们的衣服玩具来者不拒，可总有什么不同了。有什么不同呢？梁妈想来想去，想到了一个时髦用语，原生家庭。没错，现今，他们是一家人，梁三思、程穗、香香和臭臭，他们是要在漫长的路途中相亲相爱同甘共苦的，而她，是梁三思的原生家庭了。那是一个不会回头的过去式了。

　　结果就是，梁妈继续在省城开火锅店，程穗继续在家带孩子，继续做香香一个人专属的按摩师。梁妈火锅店开张那天，梁三思和程穗送了一只大花篮过去，抱着香香和臭臭去吃了火锅店的第一餐。梁妈风风火火穿梭在店堂里，隔一会儿就把臭臭抱去给客人显摆显摆，臭臭会挥手、会嘟嘴，很有显摆的本钱了。香香被晾在一旁，香香不在乎，程穗和梁三思也不在乎，梁三思用筷子沾了一点油腥，放到香香嘴边，给小东西开个荤。

　　火锅店的空调开得很足，到了晚上，两个小姑娘一起发起烧来。程穗给她们喂了退烧药，无效。冷敷，无效。臭臭烧到 39 摄氏度了，香香比臭臭体温还高，程穗第二遍喂退烧药的时候，香香抽搐了。大半夜的，小两口一人抱着一个孩子，飞奔到医院急诊室。

两个孩子一起打点滴，没有床位，只好一人抱一个，孩子哭闹，就一手抱着孩子，一手推着输液杆，在医院门前的院子里走一走。后半夜，程穗累得直不起腰了，怀里的香香还是哭个不停，她抱着香香，梁三思一只手并排推着两根输液杆，他们还那么满院子溜达。

护士同情他俩，有一张空床腾出来，立马给了他们。床很窄，程穗把好不容易消停下来的香香放在上面。梁三思抱着仍然不住哼哼唧唧的臭臭，专心调整着香香那根输液杆的高度，忽然，程穗猛力推了他一把，手指颤抖着，激动得话都不会说了，把他吓一大跳，以为香香怎么了。定睛一瞧，原来香香这小姑娘在病中开了窍，一放到床上，就表演了一次侧翻。正常孩子两三个月就能做的动作，臭臭也是两个月出头就能做了，香香都快九个月了，这才学会。不过，在这对欣喜若狂的父母看来，这不重要，一点儿都不重要，要紧的是，香香她，终于，也会了。这是不是意味着，不管有多慢，不管等多久，但终究有一天，别的孩子会的本领，臭臭会的本领，身为姐姐的香香，也都能一一掌握？

梁三思想做点儿什么，一分钟之前，他已经困倦得东倒西歪，一分钟过去了，他满血复活。他想，若是在家里，这一值得纪念的历史性时刻，他必定会用一次缱绻徐缓的欢爱来庆贺，即使是此刻，若非必得把臭臭抱在胸前，他也一定要把程穗搂进怀里，来一回大尺度的贴身拥抱。可是，这会儿他什么都做不了。他望着程穗，出门很急，程穗连睡衣都没换，头发乱蓬蓬的，瘦削的面孔黯淡无光，这一切，却并不妨碍从梁三思心里浸出的温暖情意，他凑过头去，在猝不及防间，用没有刷过牙的嘴，亲吻了程穗同样没有刷过牙的嘴。程穗一怔，连反抗都忘记了，任凭他越吻越卖力。

彼此口腔里的气味儿都不怎么好闻，但却是熟悉的，熟悉得就像面对自己的体臭，毫无嫌隙之心。梁三思一边使劲吻着程穗，一边察觉到一个显而易见的事实，就连如此高难度的方式他都能完美实现，从这一刻起，自此处肇始，在这世间，再没有什么，能够轻易难住他，再没有什么，能够阻挡他披荆斩棘、一往无前的脚步。

漫长的告别

谈话中间,出现了大段的空白。

我抬起头,瞥见窗外的梧桐树,这让我想起伦敦,满街的英国梧桐,落叶无尽。

一年期限的艺术硕士读到第二个学期,我失恋了,还是被金毛绿须的鬼佬劈腿。那晚下着毛毛雨,欧洲的雨雾自带三分伤感。我在一处僻静的小酒馆喝得酩酊大醉,像摊烂泥一样垮在路边的水渠里,之后的一切就都不记得了。早晨醒来,竟然窝在一张温暖干净的单人床上,扑面而来的是煎蛋与烤面包的香气。

我被一个中国女孩给捡了回去。后来,那个女孩成了我的新任女友，再后来，我们结婚了。我老婆是学油画的，为此，她专门画了一幅作品，题目叫作《从水渠里捡来的老公》。有点村上春树的味道。

现在，当我回望那个酗酒的夜晚，清晰地嗅到了一股危险的气息，烂醉、陌生人、流水，每一个，都有可能通向暗黑幽深之所在。而这些，在当时竟然无人察知。只要我夹着笔记本，依时出现在教室里，就是一个正常的学生，哪怕我刚刚注射了毒品，哪怕我的挎包里藏着枪支。事实上，唯有每个季度交房租的当口，我才会在房东那里体现出相当的存在感。

这时，我突然意识到，眼前的女生正目不转睛地盯着我。她专注的眼神，让我感到一阵心慌。

倒不是她生得美。千篇一律的窄脸、淡妆，单面的、纸片儿一样纤细的身材，扎进人堆，就像定制的人偶。在播音主持专业，颜值是必备条件。关键是她的目光，那里头有一种奇异的急迫。

这样的急迫，让我联想到表演课，做戏剧片段练习，莎士比亚的作品，双手在胸前交叉，头颅微微扬起，强烈的冲突与对抗从独白中或流畅或生涩地倾泻而出。肢体语言透露出的，就是那种信息，急切的、急骤的、急不可耐的。莎翁的剧，似乎不太适宜从容不迫的表演方式。

她的表情一直很安静。一脸顺从地聆听着我的训导,在我一开始以高压的、强势的状态出言过激的时候,甚至没有辩驳。我事先准备了一篇犀利的谈话,假如我是编剧,我给她的人设一定是厚颜无耻、骄纵刁蛮、撒谎成性,加上伶牙俐齿。她的行为给我的感觉就是这样。我打算提起语言的消防水枪,将这把藐视规则的火焰浇灭。令我始料未及的是,由始至终,她都很顺从,我想,这样就更麻烦了,说明这是一个具有战争经验的老司机,我绝对不能掉以轻心。

开学一个月,逃课三周,晨练全部缺席。作为大一新生,这胆子够大了。简直就是劣迹斑斑。更加可恶的是,家长的纵容。假条躺在我的办公桌上,签章处出现的是一间名不见经传的私立医院。这种医院,开一张证明不是什么难事儿。我需要跟家长好好谈谈。假条上面的车祸,显然是借口,她看起来完好无损。我遇到过一些不可理喻的家长,到了大学阶段,便无视学校的校规校纪,与孩子合谋逃学,把时间用来复习考雅思,甚至是打工。

我审视着她,琢磨着逃课的真相。然后,我确定一股酒精味儿蹿进了我的鼻孔。

"你喝酒了?"我问。

她点点头,怯怯的。眼里的急迫不见了。我意识到她快要哭出来。我赶紧在脑子里搜索了一遍学生管理条例有没有不允许喝酒的字样。可惜我大脑短路。我不能当场翻看,那就像大夫一边上网百度一边依样画葫芦开药方一样荒唐。我暗暗决定把那本学生管理条例背下来,以备不时之需。这是我第 N 次下此决心。

"不要再让我闻到酒味儿!"我近乎粗暴地结束了谈话,"我给你一次机会,过去的事,既往不咎,但是,接下来,我希望你不要再出任何的幺蛾子!"我加重了语气,绷紧了脸皮。

她张了张嘴,想说什么,我斩钉截铁地挥挥手,叫进等候在门外的学生会主席,假装自己很忙碌。她眼中的急迫又一次出现,我别过头去,故意不要看见。

这次过招,就算赢了吧。我一定要赢,因为我是辅导员。败了一次,我的威信就很难东山再起。


她的名字,叫作郑杨,估计是常见的那种取名套路,爸爸姓郑,妈妈姓杨。我查看了她的学籍登记表,发现她随母姓,表格里的父亲一栏是空白的。她妈妈的单位填写的是一家公司,我照着上面的手机号码打过去,电话通了,却没有人接听。

她眼中的急迫困扰了我。

逃逃轻描淡写地说:"她看上你了呗,想泡你!"逃逃是乐思的闺蜜,乐思是从伦敦的臭水沟里把我捡回家的老婆。除了睡觉,我们经常都是三人行。

"乐思,你不怕你老公被小女生给拐走了?"逃逃转头问乐思,乐思在涂睫毛膏。我们准备去看《爱乐之城》。我不明白,在电影院里锦衣夜行有什么意义。不过即使是上床以前,乐思也要用一张面膜,这曾经让我感到刺激,仿佛在跟一个青面獠牙的女巫乱搞。

"他不会!"乐思肯定地说。乐思的语气里,不是信任,而是吃定了我的意思。

"你没听过一句话,蔫人出豹子?"逃逃埋头刷微信,半晌飘出一句。

"喂喂喂,刘逃逃女士,你是专程来挑拨我们夫妻关系的?"我啼笑皆非地发了话。

"我们有夫妻关系吗?"乐思跳起来,斜睨着我,"有吗?"

"少恶心了,你们商量商量,这会儿到底是打算上床调情还是上电影院?"逃逃打个大大的呵欠,"要是上床,我就自个儿去看电影。"

我一手一个地拽了乐思和逃逃出门。最近这两年,我竭力回避着一切有关肉欲的暧昧的话题。我的性事遇到了麻烦。这与乐思无关。问题出在我身上。

"见过找小三的,没见过找手机当小三的。"这是乐思的奚落。

我倒不是手机控,然而手机真是二十四小时不离身,包括欢爱的时候,手机就躺在床头柜上,调整成静音。尽管手机屏幕朝下,来电时仍然会漏出一点幽蓝的光芒,这光芒是星星之火,可以燎原。床上的事,就毁在了这把鬼火上头。

乐思先是提议,继而命令我关掉手机。我执行了指令。效果比开着还要糟糕,我老想着手机,会不会恰好有什么事儿找我,找不着了又是一桩大麻烦。结果就是,不管开机关机,我都别想好好做个爱。

别误会,我不是精英那一路的,连听话都算不上,担任辅导员的第一年,闹出了不少乱子,那些精细的活计不太适合我闲云野鹤的个性,我被分管领导批,被院长批,甚至被当成典型,不点名地在学校的学生管理工作例会上,被校领导批。接着就是,评定中级职称的时候,我没能顺顺当当评上讲师,不仅资格被延迟一年,而且划归到了助理研究员的系列。这就意味着在我逃离辅导员这一鸡零狗碎的岗位、转往高贵高尚高大上的专任教师的道路上,多出了一道无端的屏障。我的脸皮没有厚到万箭齐发我自岿然不动的地步,我更没有强大到敢拿前途开玩笑的程度,遂尽量规矩下来,只当是度过一段潜伏的岁月,按照进入学校签订的合同，老老实实地做两届辅导员。两届，就是八年。

这是第五年了，从二十六岁到三十一岁，我像个男保姆一样伺候着一拨又一拨的巨婴。对，就是巨婴。这帮90后末期的大学生，大部分都没能很好地完成心理断乳。我监督他们的起居、督查他们的出勤率，与他们刀光剑影、斗智斗勇。我发觉自己正从一个文艺男，蜕变成婆婆妈妈的大叔。我时常想念伦敦的雨天，从不带雨伞，从学校出来，很快就被淋湿，放肆地踩着满地积水，没来由地心生欢喜。那时年轻，凡事皆有可能，世界宽阔、生命冗长。

活至今日，我依然待在校园里。不同的是，手机须臾不离成了我的习惯。我要确保学生和领导随时能够找到我，随叫随到，就像应召女郎。

我恪尽职守地管理着我的学生们，职场暂时风平浪静，床上却危机四伏。我对乐思说，有一支乐曲叫作《夏日最后的玫瑰》。我就是那朵玫瑰。我枯萎了。乐思让我看她的鸡皮疙瘩。

开头是笑话，渐渐就沉重起来。我们竭力避免正面交锋。还好，乐思仿佛不是纵欲的女人。我便把功夫放在床下。打叠起软语温言，伺候好了乐思的衣食住行吃喝拉撒，或许她就不想着我欠她的那一口了。权宜之计。

两个半钟头以后，我们从电影院里出来，乐思挽着我，逃逃挽着乐思。乐思提议去吃烧烤,逃逃热烈响应,我不太能提起劲头,不知道为什么,我老想着那个名叫郑杨的女生,她妈妈姓郑,难道她爸爸姓杨? 还有她眼神里的迫切,她到底想要跟我说什么?

"我看你心不在焉,要不,你先回家洗洗睡吧,我跟逃逃一块儿去!"乐思晃了晃手里的车钥匙,我经过一秒钟的犹豫,接过那串钥匙。"我来开车。"我说。

坐在烧烤摊前,我尽力讲了些笑话,逃逃很给面子,笑得前仰后合。负责让老婆的闺蜜开心,这也是婚姻中应尽的职责之一。尤其是看过了《爱乐之城》这种浪漫到了骨子里的爱情片,任何女青年,不管文艺不文艺,都会将自己的感情对号入座,这样的时刻,得巴结着乐思。

逃逃和乐思一边吃着烤排骨,一边讨论着减肥。逃逃是个胖子,乐思的体重也忽上忽下,每天晚上脱光衣服一称体重,她就会变成一位忧郁的抒情诗人。

离开烧烤摊已经接近凌晨一点,我们驾车回去。先送逃逃,我凭着记忆,没用导航,结果绕了路,惹恼了乐思,她冲着我吼:"你智商不足,麻烦你去充值好吗?"我没吭声,从后视镜里看到了逃逃唇角揶揄的笑意,我用力点了刹车,后座的逃逃被轻微地颠了一下。开的是乐思的车,烂大街的奔驰,乐思本来想要一辆玛莎拉蒂,她爹扬言要低调,选了高配版的奔驰。父女俩都是奇葩。

逃逃下车,我调头,就在这时,手机响了。这个夜晚,我接了两个电话。第一个是在电影院里,放映到一半,一个大尺度镜头前,我被手机给弄到寒风中,在漫天细雪里处理着一桩监考时学生掌掴老师的恶性事件,那场景想想都悲情。我联系了打人学生的家长,联系了挨打老师,联系了目击者,逐级报告了分管领导,约齐各路人马明天一早处理。做完这一切,我瑟缩着返回暖和的影院,屏幕上演着大结局,一场分别后幻想重聚的美梦,乐思沉湎在最深的梦境里,温柔地握住我的手、靠着我的肩膀,把我硬拖进爱情的海市蜃楼。

这是第二个电话。深更半夜,不会有好事儿。我单手掌着方向盘,按下接听键,那一瞬间,我在想,是晚归还是酗酒,或者打架?

打来电话的是宿舍管理员。郑杨在宿舍卫生间自缢。

家属来了 19 个。云集了江湖中的各路人马,以农民为主,另有律师之流,还有两三个缺胳膊少腿的残疾人,个个摩拳擦掌。一看就不仅仅是来奔丧的,还做好了闹事的预案。

学校出面,安排他们在三站地开外的宾馆住下。不能住校内,这是经验,一言不合,家属在校园里拉横幅、撒泼耍赖,会让处理难度呈几何级数增长。

我是陪同人员之一。学校连夜召开了几次紧急会议,各自分了工,有扮红脸的,有扮黑脸的,有打感情牌的,有讲法律的。对于应急事件,学校自有一套成熟的应对模式。

原来郑杨的爸爸不姓郑,也不姓杨。她的父母已经离异。我没有机会问一问郑杨这名字的来历,我出师不利,首战挂彩。郑杨爸爸的拳头把我的肋骨生生打断一根。

那一拳,是替院长挡的。院长是个圆滑的老女人,顶着无数光辉灿烂的头衔,那些学术身份犹如黄袍加身,把她与凡尘中低微的知识分子隔绝开来。她以一套强悍的逻辑体系掌管着学院的千头万绪,说一不二。她的酒量惊人,喝完酒就背诵《红楼梦》里的诗词,口头禅是“我们做女孩儿的,就是要用古典文学的精髓滋养自己”。她说“女孩儿”这几个字的时候,特别劲道,伴随着起伏的皱纹。她老人家素颜还好,一旦化妆,粗粝的皱纹就在脂浓粉腻间茁壮生长,像清宫剧里恶毒的嬷嬷。据说此嬷嬷年轻的时候写过诗,诗意与世故一锅烩了,整个人的风格更显得风中凌乱。

院长嬷嬷那天早晨走急了,脚踏一双红色皮鞋,她踩着刺眼的风火轮刚一现身,郑杨爸爸便怒火中烧,抬拳便打,我站在她背后,本能地一挡,胸前升起了放屁似的闷声。肋骨断了。

我挺感谢那个悲伤而冲动的父亲,这一拳头,解救了我。我从台前正大光明地退到了幕后。协商、谈判、安抚,所有的工作都由其他人完成,作为伤兵,我被保护了起来,作为雷锋,我拯救院长的行为一夜之间声震校园。

躺在病床上,各种信息陆陆续续传递到我这里。郑杨的自杀不太像是蓄谋已久,而是临时起意,她用一条丝巾,配合淋浴器完成了一次老套的上吊。我又联想到了表演课,郑杨有做演员的潜质,主持人不够她发挥天赋。

再有,我高度质疑的假条,被证明是真实的。入学前几天,郑杨与母亲遭遇了车祸,母亲当场去世,郑杨接受了手术。

现场哭闹最厉害的,是郑杨的继母。那个女人像面条一样挂在院长嬷嬷的身上,院长到医院看望我的时候,脸上糊着没擦完的来历不明的眼泪和鼻涕。为了表现我的英勇神武,我在医院住了不到十二个小时,出院上班。分管学生工作的学院副书记拍着瘦弱的胸腔,向我保证,今年年度考核的优秀指标,非我莫属。这个很要紧,要紧的不是多出来的一千块钱奖励,而是下回评副高职称时,必须得到一次优秀,这是硬指标。

"老公,咱换辆车吧,晦气得很!"乐思听说了事情的始末,拒绝驾驶她的奔驰。我啼笑皆非,郑杨之死,跟乐思的车子一毛钱关系没有。

"怎么没关系？你在车上接的电话,是吧？电话里告诉你郑杨死了,对吧？这还叫没关系？要说没关系,我跟你才叫没关系!"乐思似笑非笑地瞅了我一眼,这一眼意味深长,我顿时心慌意乱,如入蜘蛛精的山洞,身心沦陷。

"换!"我的语气铿锵有力,十分强硬,这其实是为了掩饰某些难以解释的虚弱与无力。

乐思要换玛莎拉蒂。她根本没死心。老丈人答应赞助一辆最高配置的路虎,玛莎拉蒂还是不行,太高调了,太张扬了。我事不关己地目睹着这对土豪父女的争执,一边用手机打游戏,一边不时插几句嘴,调剂一下双方剑拔弩张的情绪。

我还没有意识到这场纷争会带来些什么,直到乐思提到房子。乐思要把房子给卖了,卖房的钱,用来买玛莎拉蒂。这一回,乐思跟她爹杠上了,她非得要一辆玛莎拉蒂。

"老公,求你了。"乐思摇晃着我的胳膊,破天荒地在我腮帮子上亲了一口,亲得口水滴答。

"肉麻!"逃逃捂住眼睛。

"你也来一下!"乐思在逃逃脸上也亲了一口。逃逃顿时露出惊恐的表情,指指自己的脸,又指指我,很明显,乐思起到了某种载体的功能。我故意露出淫笑。

"通过我,让你俩打了个啵!"乐思绝倒。

"这可是我的初吻!"逃逃尖叫。

我心里一动,背过乐思,约逃逃吃泰国菜。那天是星期六,按照规定,我应该在学生公寓值夜班。辅导员轮班,每周都要在学生公寓住上一晚。我找学生干部替我守一会儿,溜出来,先去接逃逃。

"感觉像私奔。"逃逃将胖大的身躯挤进副驾座,对我莞尔一笑。

"干脆私奔得了!"我顺便调戏她。适度的语言调戏也算是对女士的一种尊重吧。

"你小子想造反?造反也别挑我,我对乐思可是忠贞不贰的。"逃逃的笑脸瞬间成了葛优瘫。

"好了好了,你放心,我对乐思也是忠贞不贰的,哪怕国家放开二房政策,我也只娶她一个。"我赶紧安慰胖姑娘受伤的心。胖姑娘白了我一眼,我忍着没帮她擦掉眼角的大眼屎。男女授受不亲嘛。

那家泰国餐厅不太地道,菜辣得我眼泪都快出来了,我只好饿着肚子,先说正事儿。我恳求逃逃说服乐思,不要卖房子。理由千千万,增值、安居等等,我说得啰里啰嗦、七零八乱。

"租房挺好的,我赞成乐思的想法。"逃逃一边大啖,一边口齿不清地答复我。

"你这不是白眼狼吗?"我急了,"我这顿不是白请了?"

"那我不吃了,小气!"逃逃又白了我一眼,那颗眼屎掉进了菠萝饭。

"开个玩笑而已,趁热吃,冷了就没味儿了,"我假装无所谓,看着逃逃把眼屎和菠萝饭一起送进嘴里,"房子卖了也罢,乐思他们家那么多房子,随便拨一套,将就着住吧。"

"也是,你一个大男人,住在老丈人名下的房产中,心里肯定憋屈,"逃逃变得善解人意,"我跟乐思说说。"

我如释重负。

逃逃吃饱喝足,拿起手机,朝着餐厅一阵乱拍。一个陌生的癞痢脸男人进入她的镜头。逃逃说,嘿,就是这个! 她拍下来,发给乐思,动作流畅、一气呵成。

以往我值班的晚上,乐思跟逃逃都是整晚耗在一起,这个晚上,逃逃给乐思的理由是接受爹妈安排的相亲。癞痢脸就是相亲对象。

乐思立即转发给我,配发一段感叹,大意是抱怨逃逃的父母给找这么一个皮肤跟癞蛤蟆有得一拼的男人,真是坑娃坑到家了。

乐思从善如流,听取了逃逃的劝说,最终接受了她爹的赠予,开上了路虎,放弃了卖房子的想法。逃逃背地里似笑非笑地问我,怎么谢我?我凑过去,在她耳边轻轻说,以身相许。逃逃回赠我一个经典版的大白眼,这一回,眼角没有眼屎,且有些媚眼如丝的意思了。我打了个寒战,以一种雄性动物的敏锐察觉到,继续撩下去,这妹子多半要上手。

这不是我的初衷。

"嘘!"逃逃朝着我竖起一根手指,"这是个阴谋!"她是指那个癫痫脸的相亲对象,乐思不知着了什么魔怔,居然追着逃逃让她考虑一下,毕竟男人不是靠脸吃饭。

我知道,这的确是个阴谋,不是说莫须有的男人,而是房子。房子是我和乐思潜在的危机。我们目前住在城市中心的一套大平层里,26层,360度景观俯瞰河流,说不尽的文艺范儿。乐思和她爹妈都以为房本是我的,其实不是。

这故事说来有《孟姜女哭长城》的戏那么长。简化版本就是,我跟乐思,貌似官二代与白富美的结合,实质并非如此。我爹是市教育局局长,官衔不高不低,估摸着手头能有一些钱。中学阶段,我的成绩与教育局局长公子的身份不相匹配,我爹一怒之下,将我发配英国。从高中读到硕士,我爹破费不少。这不是重点,重点是我妈在几年前患了晚期癌症,遍寻名医,其间在美国的医院做过两次大手术,花销可想而知。高潮来了,我妈走后,我爹跟照顾过我妈的一位俏护士结了婚,我的护士继母生下一个小公主之后,赶上了二孩政策,这回来了个双胞胎,俩小子。我爹以五十五岁的高龄,被仨满地跑的小家伙簇拥着,不知他老人家午夜做的是噩梦还是美梦。总之,自此我爹的每一分钱都得精打细算。

这套大平层产权属于我家,名字是我继母的。我和乐思回国后,我爹和她爹一齐发力,把我俩弄进了同一所大学,乐思在美术学院做专职教师,我则进了传媒学院当辅导员。显然在这件事上头,我爹略逊色于亲家,毕竟乐思的爹是本地著名的零售业大佬。为了扳回一局,我爹让我们住进了无敌河景房,制造了一个风风光光娶媳妇的假象。入住以前,我爹和继母三番五次向我明晰了产权,我无权提出异议。在乐思金碧辉煌的家里,我没勇气说出真相,这事儿就糊弄下去了,我也算逃脱了吃软饭的命运。

当然,我老婆和老丈人都没有要求验看我的房产证。在我的筹划里,熬过几年,评上了教授,自个儿掏腰包置业,到时候就在老婆面前充大神,把老爹给我的房子当成大白菜一般赏赐给我的弟弟妹妹,毕竟他们还小,吃奶的娃,用钱的地儿多了去了。

很快,我就发现,我的蓝图纯属纸上谈兵。首先,评教授这件事,犹如在黑夜的隧道里摸索,看不见光。其次,即使评上教授,我也未必能够买上一套像样的大房子。目前,我每个月的收入在扣除掉养老保险医疗保险税费等等之后,拿到手的现金不到三千元,乐思相似。她接着享受她爹的联名信用卡,我则号称接地气,穿淘宝、喝泡酒、浸淫在路边摊的地沟油里。还好,乐思在画家的交际圈里看腻了长发披肩、香氛萦绕的伪娘们,欣然接受了我粗疏狂放的生活方式。我自己也得捏着鼻子接受,俩字儿,没钱。

　　我在学生工作办公室里处理着奖学金评定、新年晚会筹备之类杂乱无章的事情,关于郑杨事件的处理进度不断地被灌进耳朵里。我强迫自己不去回忆郑杨最后的眼神,但是,在一些奇异的时刻,当我安静地面对电脑,独自穿过办公楼陈旧黯淡的走廊,或是检查学生寝室卫生,甚至是早餐时嚼着馒头的刹那,郑杨的目光总会猝不及防地出现在我眼前,里面有千言万语,急于诉说。

　　说吧,我听着呢。

　　可她再也没有机会说出来。

　　学院与郑杨家的谈判进入胶着状态,郑杨爸爸狮子大开口,提出二十万的赔偿。调节人员耐心细致地解释,于法律于情理,学校都不会出这笔费用。从人道主义的角度出发,学校愿意出两万元慰问金。郑杨爸爸不同意。

院长嬷嬷出面了,嬷嬷在学院里发起募捐活动,募到了一万多元钱。郑杨爸爸面临两个选择,一是无休无止地耗下去,一是揣着一共三万多现金,带着女儿的骨灰返回老家。

郑杨爸爸保持敌视与缄默,她继母的嗓子都号哑了。通常学艺术的孩子家境都不会太贫穷,郑杨爸爸和继母衣着体面,无论是二十万还是三万,都不会从根本上改变他们置身的阶层。这般闹腾,究竟为何?

中间经历的斗争、斡旋、技巧,我无从亲睹。院长嬷嬷倒是个人物,一个平素雷厉风行的更年期妇女,在我被肢体冲撞以后,更改策略,体现出了居委会大妈的耐性,和风细雨地跟那帮人磨叽。郑杨的继母向院长吐露了真言,他们不要钱,他们要一个承诺。

这承诺就是,让学校答应,三年以后,等郑杨继母带来的拖油瓶儿子高中毕业,招收进来,不管他能考多少分。闻者无不拊掌大乐。那家人把这所一本高校当成什么了?!

学校完全无视这种无厘头式的要求,郑杨爸爸的态度渐渐萎靡下去,有了松口的迹象。大家以为这事儿能结了,谁知道郑杨继母提出要寻找郑杨的死因。

　　警方得出的结论是自杀。为什么自杀？没有遗书，没有遗言。入学不久，同学们相互也不熟悉。一切就靠猜。郑杨爸爸和继母待在宾馆里，跟学校派去做安抚工作的人员整天猜谜，都很崩溃，也很疲惫。

　　这问题其实打一开始就困扰着我，我直觉她想跟我倾诉什么。是什么呢？一个美丽的女孩子，生长在单亲家庭，遭遇了车祸。我得到的信息只有这么多。

　　从车祸发生的时间来看，她在入学前就失去了生母，可是她依然把生母的电话号码填写在学籍登记表上，而且电话还是通畅的。事后知道，那部手机就在郑杨身上，我打去电话的时候，郑杨没有接。她不想，或是不能扮演自己的母亲。她也不想让我知道这个号码其实永远无法联系她的生母。

　　独立思考的过程太痛苦了，我索性把自己变成希区柯克，我与学生干部们探讨着死因之谜，我建议孩子们以此为题材，拍摄一部重口味的悬疑网剧。大家聊得特别畅快。没想到郑杨的死，竟然带给大家如此众多的灵感与创意。

　　当我意识到已经有好几天没有见到逃逃，乐思的答复是："死胖子！"我正喝可乐，一口可乐差点儿呛死我。

　　"吵架啦？"我吃惊不小。

　　"死胖子不值得我跟她吵架！"乐思很干脆。

看来还是吵架了。吵架的原因，乐思没有告诉我。我很放心，至少证明跟我和房子无关，否则，乐思早就冲着我爆炸了。

不过，我想念刘逃逃女士。有她在，我的角色就是司机、保姆，她跟乐思有咬不完的耳朵，她们的世界充满了八卦，我可以舒舒服服地潜伏在她们的闺蜜深情中。而她一旦消失，乐思跟前除了我就没别人，我暴露在光天化日之下，必须承担起乐思的喜怒哀乐，最糟的是，性在乐思无聊时登场，一次次的失败，一次次的打击，我没有越挫越勇，反倒产生了畏惧的心理。

我害怕乐思的肉体。尽管这具雪白芬芳的胴体，曾在伦敦雨后的清晨，拯救我于失恋的水深火热之中。那时，它是我的恩人，我的救赎者，它让我反观到了自己的青春与力量。现在，它是我的负担，透过它，我看见的是内心的卑微。

然而，我不能断然舍弃它，正如我不能断然舍弃这个难以言说的职业。躺在乐思身旁，我屏息静气。我愈发思念逃逃。

逃逃对于我的出现很是惊讶。"乐思什么都没告诉你?"她问。我摇摇头。我说，乐思很想你。我说，乐思下不来台阶。逃逃露出匪夷所思的表情。她说，你撒谎。

我请逃逃在校园里的冷饮店喝了一杯咖啡，咖啡尚未冷却，我已经明白了事情的始末。乐思与逃逃，不是吵架那么简单。

乐思做了一件事,导致她和逃逃闹翻。

那件事跟职称相关。

纵然乐思和逃逃是两个鸡零狗碎的女人,但不可否认,她们是有梦想有追求有志向的女青年。两人是同事,年纪相当资历相仿,两人都是出色的讲师。今年的副高级职称,名额奇缺,一路排队下来,竟然由乐思和逃逃竞争同一个名额。这就是你死我活的战斗了。

牢不可摧的友谊在职称面前随风而逝,化成轻飘飘的草木灰。乐思率先出招,拆穿了逃逃上交材料中的一份伪证。逃逃败下阵来。逃逃重拳出击,投诉乐思上课的评教率作假,乐思险些出局。乐思搬出她爹,她爹找到大领导,自上而下打招呼。逃逃也不是吃素的,逃逃也有一个有钱有势的爹。最终的较量就变成了两家人脉的较量。

斗争以乐思爹的胜出终结。

后来这些信息,是我从乐思那里补充完整的。逃逃的版本和乐思的版本犹如一部《罗生门》,各说各话。当然,我明白,逃逃和乐思从此形同路人。

乐思一旦敞开心扉,话就停不下来。她日夜与我讨论逃逃,痛斥逃逃背信弃义,痛斥逃逃三观不正。我只好给她猛灌心灵鸡汤,告诉她,是她犯了大忌,跟同事做闺蜜本来就有很高的危险系数。乐思承认我说得对。我把乐思带到宠物市场，建议她养一条狗。

狗是最安全的闺蜜，不会背叛你，也不会泄露你的任何信息。我对乐思说。乐思被我说服，她在这条狗和那条狗之间徘徊。从这一天起，她时常流连在宠物市场，目的是挑到一条在她看来十全十美的狗。乐思是个追求完美的女人，因此患有选择困难症。

我喜欢乐思的毛病。因为我可以把所有的休息日都奉献给宠物市场，并且把所有的话题都集中到狗的身上。这让我感觉轻松。

喝完那杯咖啡，我没有再联络过逃逃。我鼓起勇气，到男科医院去见大夫，拿回一大堆滋阴补肾的中药西药。我没瞒着乐思，她瞥了一眼那些药袋子，淡淡地说："也罢，我不用担心我家男人出轨。"

我笃定地按时喝药，我相信那些黑色的药汁能够救我。我在想象中扑倒了一些女人，包括乐思，以及乐思以外的女人。她们在我强有力的怀抱里轻盈得像棉花糖，转眼间溶化成一摊甜蜜的糖水。

有一天，我正在办公室里喝药，我宣称自己患了慢性胃炎，需要长期服药。逃逃在微信上呼叫我，约我吃饭。我以为逃逃是想通过我向乐思求和,我觉得这事儿搞不定,拒绝了逃逃的邀请。逃逃发给我一个宾馆地址,她说不吃饭也成,做点儿别的吧。我问,啥意思? 逃逃回答,装什么傻,她抢了我的职称,我要抢她的男人。

我思考了一小会儿,发给逃逃三个字,我阳痿。逃逃爆了句粗口。随即她的电话打过来,劈头盖脸一通臭骂,大意是即使她吸引力为零,我也不应该这样损她。我有点蒙,我明明损的是自己,她怎么硬往自个儿身上扯? 我刚想挂电话,她在那头哭了。

我在话筒这边默默倾听着她的啜泣声,她曾帮我化解过房子危机,我不能断然摔了电话。过了很久很久,逃逃说,其实乐思早就不爱你了。奇怪的是,我的心里很平静,我等待着逃逃说出更加猥亵的真相,譬如绿帽子,譬如性取向。我受得了。但逃逃没有继续说下去,听筒里传来忙音。

我起身到卫生间,站在镜子前面,看看自己是不是长得很淫荡,会让逃逃产生约炮的想法。我想起学生对我的评价,外表很呆萌,内心很娘们。如今的学生,胆大妄为到了极点。

逃逃从微信上把我拉黑,我没有机会追问她那句话的渊源。之后,我听到一个好消息,郑杨的事儿给摆平了。郑杨爸爸和继母同意接受那三万多。他们放弃了对于死因的追究。

为了避免反悔,学校立即联系殡仪馆,做好了火化的准备。

作为郑杨的辅导员,我参加了郑杨的遗体火化仪式。在殡仪馆里搁放了整整十三天以后,郑杨被推了出来。郑杨的继母就站在我身旁,顶着一头鸡窝般的乱发,头发里散发出浓浓的油腻味。

在人群的推搡中,我突然就被挤到了郑杨跟前。我从未料想过,与这个姑娘的再次相见,竟是以这样的方式。尸体的白光像某种带着翅膀的生物,一下子扑进我的双眸,我的眼睛被蜇得很痛很痛。这个女孩子,就这样消失在茫茫时空中。我别过脸去,嘟囔着说了一句脑残的话,不是出过车祸吗?好像没怎么受伤……

郑杨的继母看了我一眼,走上前去,做了一个惊人的举动。她将冻得硬邦邦的郑杨推了一下,再一下,尸体突然翻转过去,她拉开衣服,露出尸体裸露的背部。一道伤口呈现在我面前,很深很深,像拉链一样贯穿了整个脊背。

我下意识地往后退了一步。我不明白郑杨的继母为什么使那么大劲,好像隐藏着熊熊怒火。郑杨的爸爸上前,将尸体摆好,然后,告别仪式开始了。

参加追悼会的女教师和女学生都泣不成声,我也湿了双眼。我的眼前氤氲着一团潮湿的水雾,好多年了,我几乎遗忘了哭泣的感觉。我发觉流泪与流汗有异曲同工之妙,丰沛的液体源源不断地流淌而出,整个人仿佛变得通透起来。

这个对于郑杨而言十分重要的时刻,也是她最后在世间留下痕迹的时刻,我努力让自己的魂魄游离在外。我感受着眼泪的轻盈与沉重,感受着自身体液的循环,唯其如此,我方能避开一种更加猛烈的情绪,那种情绪,是心痛,抑或是愧疚。

火化以后,郑杨家的一大帮人捧着骨灰盒踏上了返家的道路,院长嬷嬷随即到行政楼,去向校领导们汇报处理结果。

我走在长满梧桐树的校园里,拼命回忆着刚才的那一幕,郑杨的尸体像一大坨冰块被她的继母翻腾过去,露出深而长的伤痕。突然,我开始怀疑那个场景的真实性。冷藏过的尸体,伤口不会那么清晰,而且,似乎也不能轻易倒腾。我奔进办公室,找出那张假条,认真阅读医院证明中的文字,比划着那些医学术语,我发现伤口是在胸前,准确地说,是在两只乳房的中间,长度一直蔓延到小腹。

办公室里的其他几位辅导员正在有一搭没一搭地讨论着郑杨的后事,我听见他们说到了郑杨的名字,有人诡秘地说,郑杨的继母对院长嬷嬷颇为信任,私底下告诉了院长嬷嬷一件大新闻,郑杨是她妈妈跟外头男人的私生女,郑杨妈妈姓郑,那个野男人姓杨。原来这名字仍然是套路。

我想跟他们聊一聊郑杨的伤口,却无从开口。我头晕得厉害。我谎称感冒,请了半天假,回到那套其实并不属于我的河景房。

这个下午,乐思没课。不过她没在家里。看得出来,她离去不久。出门以前,她洗过澡,主卧室的卫生间里荡漾着水雾与动人心魄的香氛。我蹲在马桶上,用手指一颗一颗擦拭着墙壁上的水珠。

刚买回来的哈士奇讨好地紧跟着我,我方便的时候,它就坐在马桶对面拼命朝我卖萌。我笑起来,它更疯了。我看着它谄媚的样子,忽然想到子嗣问题。我们没有孩子,乐思爹催得很紧,我和乐思都不来劲。我们从来没有讨论过这个问题。其实我很想知道乐思的想法。

我感到一阵来自生活的琐杂与烦闷,它们像便秘一样不可言说。狗狗凑过来,我踢了它一脚。踢得有点儿重了,它委屈地呜咽了一声。这是一只倒霉的狗狗,因为我和乐思都不太喜欢它,尽管这是乐思千挑万选买回来的。一天当中的绝大多数辰光,它都孤独地呆在房间里。我怀疑它迟早会患上抑郁症。

我给自己泡了一杯速溶咖啡,把二哈关进笼子里。我翻看着一本传媒理论书籍,打算找个合适的题目,着手写一篇论文。写作本身是痛苦的,投稿与发表则是另外一种痛苦。不知怎么的,看着看着,我就在铺着软垫的飘窗上睡着了。

在梦里,我见到郑杨,她眼里的急迫不见了,她从容地拉开胸前的衣服,展示双乳间的伤痕。她转过身去,脊背上纵横着另一道伤痕。撇开伤痕,她的身体实在是很美好,让人想起春天郊外的原野,一株初初萌生的笋尖。她什么都没有说,但我知道,她是要告诉我,她受伤了,她需要休养,她有充分的请假的理由和充分的不参加晨跑的理由。我也知道,在异性辅导员面前展露出自己的伤口,需要多么巨大的勇气。

郑杨穿上衣服,她的衣服变成张开的翅膀,风吹起来,她开始往远处飞去。那一瞬间,我产生了一个阴暗的想法,我想偷偷跟着她飞走。我试图拽住她的翅膀,我当真抓住了翅膀的边缘。于是,我也飞了起来。

飞行到了一定的高度,楼群与树木的阴影就都不复存在了,风声像植物一样拂过耳边。一种久违的快感铺天盖地而来,那一刹那,我头疼欲裂地醒了过来。

风从敞开的窗户吹进来,半梦半醒间,我再度看到郑杨,她的眼神仍旧充满了急迫。我不得不承认,这个女孩生前想要对我表达的,我从来就没有懂得,以后也不会懂得。

狻

猊

丈夫的手机通信簿里,杜安静的名字不叫作杜安静,叫作猰㺄。

不是母老虎、黄脸婆或是孩儿他妈,不是一切有关伴侣或是怨偶的称呼,丈夫挑选的是一种古书上的动物,压根儿未曾真实存在过的物种。

这是一件极其令人费解的事。当然,在杜安静暗流汹涌的婚姻生活里,不过是小菜一碟。它的特别之处在于,杜安静是在丈夫死后才发现的。

那天,是丈夫的头七祭奠。杜安静和孩子在小区外的空地摆上香烛果物。没有风,烧纸成灰,在低空盘旋不去,犹如贪恋人世的亡灵,在灰暗下来的暮色中,迟迟不肯离散。杜安静就有些发慌,叫上孩子,匆匆朝家走,一边走,一边掏出手机,下意识地拨打一个号码。

包里的另一个手机却响了起来。杜安静一怔,旋即反应过来,她拨的是丈夫的电话。这个男人故去以后,按照习俗,身外物尽数焚烧,唯有手机,杜安静信手放在了包里。手机不时会响,她录制了一段自动语音,告知对方手机主人亡故的事实。噩耗传递得很迅速,手机几乎不再响起。但她还是坚持每天晚上充电,像是虔诚的宗教信徒,履行着某种睡前仪式。幽暗漫长的夜里,丈夫的手机与她的手机在插线板旁并排放置,缄默、沉寂,同床而异梦。

她掏出丈夫的手机,诡异的字眼瞬间扑进她的双眼。可笑的是,她竟然没能第一时间准确地辨识出这两个字。她在自己的知识结构里搜寻了一遍,找到了一些诸如狐狸、猿猴、狸猫之类的词语,就是没有狻猊。她不认识它。它的读音,以及它所蕴含的意义。

铃声停止。她将信将疑地点开,在狻猊的词条下面,显示着她的号码。那一串数字熟悉得就像她自己,像她身体的一部分。

事后,杜安静一直想不明白,在那个天色灰沉的黄昏,她何以会鬼使神差地拨打丈夫的号码。事实上,在他们共同度过的最后十年,她甚少拨通这个男人的电话。需要援助的时刻,她的求援名单排序依次是:第一,她自己,第二,警察。绝大部分时间,排序第一的人物就能解决所有的麻烦和问题。

不久以后,在一次聚会上,杜安静向老李出示了这个词语。那是闺蜜们的例会,杜安静不是收藏家,但她鬼使神差地成了一个收藏圈儿里的座上宾,一群有钱有能耐的中老年女性操持着每月一次的相聚,准时得就像少女的月经。聚会通常是在一间茶艺馆里举行,那里有古树普洱,有琴女,有做得一手精致小菜的厨子,茶艺馆的老板娘是热衷于社交的字画收藏者。

老李是聚会里唯一的男人,男闺蜜。他迟到了一些,众女的话题刚好停留在"撒谎是男人的天性,还是后天习得"这样一个半哲学半伦理学的范畴上,于是老李被推到了激流中央,他被要求从男性视角做陈述。老李抓耳挠腮,杜安静救下了他。杜安静不动声色地将题目转换到了健康管理方面,就像对垒中的一颗球,立刻就有队友热火朝天地接了过去。

老李坐在了杜安静身边的空位上。杜安静闻到了他衬衣上散发出的浓烈的消毒液的气息,跟她一样,老李的职业也是公务员,但他时常被误认为是大夫。

杜安静找服务员要来纸和笔,写下了"狻猊",递给老李。

老李的眉头使劲儿地皱了起来。半晌,琢磨无果,抬起头,他一头雾水地挤出一句:"甲骨文?"

杜安静侧身答复了一句朝向她的问题,等她转过身来,老李向她出示了手机百度里的词条:狻猊是古代汉族神话传说中龙生九子之一。形如狮,喜烟好坐,所以形象一般出现在香炉上,随之吞烟吐雾。杜安静瞥了一眼,说,我查过了。

"这是个新鲜词儿,从哪儿看到的?"老李盯着她。

"你会这样叫你老婆吗?"杜安静保持着莫测深高的表情。

"他……这样叫你?"老李迟疑了一下。

没有人留意他们在谈些什么,在最近的聚会中,杜安静被小心翼翼地照顾着,死了男人,高谈阔论不相宜,她可以随心所欲地静默或是游离。

杜安静没有回答老李,她突然丧失了继续聊下去的兴趣,她加入到了兴致勃勃的女人们当中,点评一部热播剧里的小鲜肉小鲜花,尽管她根本没有看过那部剧。

她能感觉到,一整晚,老李都用若有所思的眼神注视着她。这个圈子,是老李把她带进来的,有个核心人物的姑娘考进老李所在的单位,老李出了不少的力气。除此之外,倒是没什么利益关系。老李甚至不太喝茶。一开头,大家老拿他俩开涮,后来发现他们中规中矩的,毫无槽点,也就不怎么上心了。

　　说起来,她和老李的关系,还真不纯洁,更不是男女授受不亲。如果用化学课上的量杯来衡量,应该就是比蓝颜多,比情人少。

　　若干年以前,他们有过短暂的肉体接触。准确地说,是在杜安静婚后的第九个年头,那一年,她 34 岁。老李比她还要大两岁。老李单身。他们在同一个系统工作,在一次培训中,他们碰巧分在了同一个小组。

　　那时候,杜安静与丈夫已经是相看两相厌的状态,他们的无性婚姻进入了第二个年头。老李的出现,给杜安静一地鸡毛的苟且生活带来了诗意,也带来了远方。他们的性爱激烈得一度让杜安静颠覆了三观,以为这才是把日子过下去的本钱。

　　在那个花事纷繁的春天,杜安静重新变成了一棵汁液丰沛的树,在风里,微微招展。杜安静喜欢那样的自己。她提出了离婚。

　　丈夫立马就同意了,甚至没有追问情由。可是,双方的母亲坚决反对。这两个老太太,从来都在敌视中对峙,都嫌对方不够阔气,彼此的政见从来都是南辕北辙。而这一回,在离婚这件事上,居然出人意料地建立了统一战线,同时用上了一哭二闹三上吊的老土手法。同时,俩老太太搬出了孩子,俩老太太设了个局,扬言他们一旦离婚,孩子就跟着外婆和奶奶,他俩谁都抢不着,连面都不许见。

　　末了,杜安静不离婚了。她的放弃,倒不只是因为母亲与孩子,当她陷入离婚的硝烟之中,老李正张开双臂,迎接着姗姗来迟的姻缘。

　　丈夫固然是凡夫俗子,老李亦非天神下凡,他享受着与已婚女子的调情,却绝不耽误自己的终身大事。婚礼当天,杜安静想都没想,就送去了一份厚礼。毕竟,老李曾经给她黯然无光的世界带来了片刻的光亮。她把爱情的幻觉埋在了泥土里,从温暖的大地中,萌生了一个善意的存在,那就是老李。

　　她那只慷慨的大红包,让老李解除了武装。他们竟然正正经经做起了朋友。那种真正吃饭喝茶聊天的知己,还常常是一大群人,他们相互进入了对方的朋友圈。肉体被彻底清场,他们再也没有滚过床单。

　　每次见面,老李总是按捺不住倾诉的欲望,他向杜安静诉说,也向别人诉说,这样,老李的家事渐渐被所有人知晓。高大挺拔的老李成了被同情的主儿。

　　老李的婚姻就是一个买一送一的坑,妻子倒是个傻白甜,温柔美好,附赠的却是魔鬼附体般的丈母娘,关键是,这赠品还不能随手扔掉,根本就是商品的一部分。

　　杜安静熟知老李生活中每个荒诞不经的细节,自然,这些与她毫不相干的细节,不足以支撑起他们长久的交往,比这更重要的是,老李在她提升的关键环节拼力拉过她一把,现在,她的行政级别已经越过了他。在职场上,他们心心相印、相互搀扶,这比肉欲、比精神的交流都要来得持久与稳固。

聚会的尾声是例行的新茶品鉴,杜安静尝了一口茶艺馆新推出的古井水泡茶,突然来了一句:"我说老李,你身上那味儿,无论我喝什么茶,都像加了消毒水儿。"

众女哄笑不已。老李笑了,杜安静也笑,她想的是,这个内容密集的夜晚,已经将狻猊拒之门外。呵不对,它终究还是如影随形地缠上来了。

在纵情大笑的刹那,杜安静看见了一团小小怯怯而又坚定不移的暗影。那是狻猊,它从丈夫的手机里爬了出来,与她四目相对。杜安静慢慢收起了笑容。

狻猊到底象征和隐喻着什么呢?杜安静与老李有过第二次探讨。从头发到鞋尖都一尘不染的老李来到杜安静办公室,一屁股在沙发上坐下来。门敞开着,看上去他们像在本该休憩的午后加班商议某项工作。

"情况还好吧?"

"不太乐观,呼吸肌衰竭,昨晚抢救了一次。"

他们的对话像黑话,其实说的是老李的妻子。那个羸弱得像根枯草一样的中年妇人,如今正躺在一间三甲医院的重症监护室。她是半个月前住进去的,在那以前,她以同样的姿势躺在自家的床上,足足躺了五年。下半身和上半身一样丧失了神经感官,一天二十四小时都包裹在一种叫作"包大人"的尿不湿里。医学上把这叫作植物人。杜安静觉得这个名词有待商榷,显然植物被人类的主观臆断给强奸了,谁说植物就一定是无知无觉的?老李的妻子比植物还不如。

这五年,老李经历着无性婚姻,经历着杜安静已然煎熬过的一切。不同的是,杜安静的无性婚姻比老李长一倍,十年。在这一点,老李是强大的弱势群体,他让全世界都知道他的委屈。就连收藏圈里的姐姐妹妹们都拿这跟老李开涮,老李也毫不讳言,他加入姐妹淘就是为了沾沾雌性激素,以免直男癌上身。

"不随时瞧着你们这帮如花似玉的姑娘们,往后我都不知道啥叫女人了。"老李这样说。他是个懂得自我调侃的男人。

老李的无性,是在明处,杜安静的无性,却是在暗处,除了她和丈夫,无人知晓。两人心照不宣地坚守着这个秘密。这个秘密如同卷心菜,每一层里都裹着更深的秘密。剥开第一层,杜安静发现了狻猊。

"为什么是狻猊,而不是别的什么动物呢?"老李自言自语着。杜安静期望能从他那里找到答案。他是男人,男人更能窥测男人的内心,不是吗?

"据我所知,两口子的昵称无非是兔子啊、狗熊啊什么的,也许他想标新立异?"老李点燃一支香烟,深吸一口,朝烟灰缸里弹弹烟灰。

丈夫不是标新立异的人。他只是普通的路人甲。

"给我一支。"杜安静说。

老李有些诧异,慢慢掏出烟盒,抖出一支。杜安静接过来,就着老李递上的火,点燃。老李转头望望走廊,敞开的大门外,空无一人。

"复吸了?"

杜安静不置可否。她的烟龄跟她的无性婚姻长度一致。有一阵子,她抽得很凶,在党的群众路线教育实践活动中,还被群众提了意见。她下狠心戒掉了。老李送过她不少戒烟糖,她还因此而胖了好些。

"不过,叫什么都有理由,没什么可奇怪的,因为你这茬儿,这几天我倒想起来,刚结婚那阵子,我叫她小猪来着,你知道,其实她比一般女人都苗条,我没道理那么叫,但我就想那么叫,叫着心里舒坦——总的来讲,在他离开前的这些年,你俩还算恩爱,对吧?"老李望向杜安静,他的这个判断用了反问句。老李应该质疑，毕竟他睡过她，红杏出墙不是幸福婚姻的常态。

"还好。"杜安静淡淡地说，她掐灭了大半支香烟。她有足够的自制力。

午后的慵懒袭击了老李，他抽完烟，从随身携带的杯子里喝着决明子水。他有轻微的高血压。窗外明亮的阳光，透过斑驳的树叶，大片大片地投射在室内，光芒太过强烈，那种炫目的感觉，倒像是灰黑的阴影，遮蔽了双眸。

老李掩嘴打了个大大的呵欠，有一搭没一搭地说着什么，杜安静有些失神，眼前的一切变得恍惚。每当他们心平气和、无欲无求地谈论着各自的人生与爱情，她老是会怀疑他们是否真的上过床。这实在是太不可思议了。

说到底，杜安静的性经验相当贫瘠。她不是外貌出众的女人，性情里尚有阴郁的一面，纵然她竭力呈现出理性和智慧，连同一点点的俏皮，但对于雄性动物的吸引力还是有限的。在她当上副局长以后，她与男人的交际更是规范在了三个界面，上级、下级、同级。男人失去了性别，他们是她的同盟、属下或是竞争者。

除掉丈夫和老李，她只剩下一场风花雪月的初恋。那会儿她刚过二十岁，高中毕业以后，在老家的村小做代课教师。老家的小镇属于高海拔地区的低海拔地段，那个男孩儿在镇里的邮局工作,是藏族人。作为一名奔波在四千米高原的邮递员,男孩的交通工具只能是一匹马,一匹棕黑色的烈马。在少女杜安静看来,坐在马背上,依偎在男孩宽厚炽热的怀抱里,穿过雪山与草地,穿过不同纬度的植被,在煮着酥油茶的帐篷里男欢女爱,这样的情景浪漫得就像好莱坞的大片。

这段恋情被杜安静的母亲挥刀斩杀。母亲坚决反对这个骑马的男人,在跟杜安静的正面冲突宣告失败以后,她曲折迂回地为杜安静带来了一个骑着自行车的男人。这个男人毕业于北京的名校,是一名硕士研究生,他是在完成了一次骑车旅行之后,搭乘长途汽车,前往省城的一所高校报到的时候,遇见了杜安静的母亲。母亲在车站对面开了一间杂货铺,这个头顶硕士与大学教师双重光环的矮小男人驮着沉甸甸的行李,他要把自行车、行李还有他自己一块儿塞进长途客车。这就超载了。他被要求给自行车和行李单独买一张票。他没带够钱。于是,他来到杂货铺,打电话找朋友借钱。他在本地的朋友外出了,他没有借到钱。但是,杜安静的母亲借给了他。母亲以一个猎人的敏锐,捕捉了这头外表木讷的猎物。

母亲赢了。学历的海拔超越了自然的海拔,这个骑自行车的男人,战胜了骑马的男人,成了杜安静的丈夫。若干年后,那个藏族男人主动联络过杜安静,其时他已不再是邮递员,转行做起了虫草生意,荷包里的钱充实了起来,打算将自己的孩子送进杜安静所在城市的高价私立中学。找到杜安静,正是咨询学校的事情。他领着妻子、孩子,与杜安静一道,在一间藏式餐厅吃了顿饭,付账的时候,他以绝对的身胚优势完胜杜安静。多年以后的重逢,没有荡气回肠的悔意,唯有令人惊奇的陌生。杜安静一边客客气气地寒暄着,一边在心里想,起码在拆散他俩这件事上,母亲是对的。那个身材高大、面色红润的藏族女人,看起来与他是多么的般配,而她,当初那个脸色苍白、纤细敏感的文艺女青年,完全是另外一种不搭界的生物。

她的婚姻,一度是家族里的神话,灰姑娘穿上水晶鞋,嫁给了王子。杜安静高攀了省城的高级知识分子,调到了省城工作,一步一步,从职员登上了领导的宝座。副局长与大学教授,一对神仙眷侣。没有人知道,门扉紧闭以后,他们形同陌路。

"有没有查查通信簿里别的女人叫什么?"老李突然问。

"当然,"她说,"查过,每个女人,都不叫自己的名字。"

老李好奇地盯着她。

"他的母亲,叫乌鸦。"

"乌鸦?"老李嘎嘎地笑起来。

"我的母亲,叫鲨鱼,"她一本正经地说下去,"还有一个不认识的,叫作饕餮。"她隐去了一部分,丈夫的女上司女同事们,以各种各样的动物命名。

"这都是什么意思呢?"老李用指骨轻敲桌面,蹙眉沉思,"狻猊,坐在香炉上的动物,够高冷的,香炉——神龛,"他两眼发亮,两掌相击,露出胜利者的表情,"就是这个,坐在神龛上的妻子!太他妈的有意思了!"

她悚然一惊。

母亲到来的时候,跟以往一样,没有事先打招呼。杜安静开会开到一半,接到电话,只好让老李跑一趟,去高铁站接回母亲。在公车私用方面,她很审慎,宁可麻烦老李。

下班回家,母亲已经做好饭,油腻腻的家乡菜,咸得像打死了盐贩子,杜安静血脂超标,不过略动一动筷子。母亲不满了。

"瞧你把日子过成什么样了?!"母亲的嗓门儿巨大,她的话像是一辆从远处轰隆驰来的火车,迅速地在杜安静体内引发隐秘的震动与战栗,"冰箱里像样的东西全都没有,你是出家了还是打算殉葬去?猪肉,猪肉没有,牛肉,牛肉没有,啥肉都没有!你都吃什么?就那几片青菜叶?你把自己当蚕子养?得亏老李搭我去了趟超市,什么都给你买齐了。我问老李了,他老婆也就数着手指头的活头了,我看你这个朋友不错,忠心耿耿围着你转悠了这么多年,等了你这么多年,现今你落单了,他也快了,他这总算是要把你给盼着喽!"

老李在等她? 杜安静差点一口汤喷出来,母亲要是知道自己早被老李抛弃过,估计得吐血。不过她什么都没有说,就让母亲以为老李是她的不贰之臣吧,老人家都是靠梦想活着的。

"去超市,老李要给钱,我拦着,没让,"母亲继续说着,"你俩还不是一家人,不能用人家的钱——不过,我这次来,你弟弟专门给我办了张银行卡,不让我带现金回去,不安全。"

说着这番无厘头的话,母亲正使着吸尘器,一会儿在卧室门口探个头,一会儿又站在厨房门边,她的话语被房门与吸尘器切割成了无数的碎片,纷飞如雪。有一瞬间杜安静甚至产生了错觉,似乎进入了异度空间,有若干个被复制的母亲,从各个房间,以各种角度,上天入地、无孔不入地要着钱。

杜安静从母亲零乱的语言中搞懂了状况,母亲是来找钱的,要一大笔钱。老家的弟弟头胎生了女儿,母亲想抱孙子,弟媳妇生二胎的条件是在县城买套复式房。母亲瞅中了杜安静的房子,杜安静在省城有两套房,其中一套小户型,卖了,给弟弟买房刚够。

"那不行……"杜安静虚弱地说,她从小接受着"家里穷"和"一定要照顾好弟弟"的洗脑式教育,拒绝母亲接济弟弟的任何要求都像是忤逆不孝。

"有什么不行的?"母亲声震屋瓦,"他走了,老李又还没跟你怎么着,房子都是你一个人做主! 你说卖就卖,你说钱给谁就给谁,谁还敢说半个'不'字!"

"我明早开会,得加个班,改改讲话稿。"她借故溜进卧室。从前,对于母亲的要求,她几乎有求必应。但这一回,她心里堵着。

短信提示音响了,是老李。老李问她,你母亲让我明天去你家吃饭,我去还是不去? 杜安静写了一条,给你岳母知道了,不得上门来揍我? 临了删除掉,重新输入了简单的三个字,别来了。老李回复,好的,那你帮我编个理由。

杜安静关了手机。她想着母亲的称谓,鲨鱼。鲨鱼是凶狠的、吃人的动物,胃口还不小。在丈夫眼里,岳母是这样的形象?

结婚不久,杜安静跟随骑自行车的硕士老公调到省城工作以后,母亲前后脚就领着未婚的弟弟跟来了。理由是弟弟从没来过省城,想各处逛逛。这一逛,就逛了小两年。

丈夫住的是学校分配的筒子楼,单间,卫生间公用,厨房就在走廊里。房间被一条布帘子隔开,母亲睡行军床,弟弟打地铺。母亲和弟弟摆出了长住的架势,母亲的逻辑无比严密,弟弟是骨肉亲情啊,是,这孩子是有那么一丁点儿不成器,那又怎么样?

弟弟确实不是坏孩子,不偷不抢,就是懒惰,身体里像是蛰伏着一根粗壮的懒筋,四面八方地蔓延开来。看电视、睡懒觉,平生的嗜好就这两样。漫长的白昼,他就呆在屋里,电视的音量开得很大。丈夫只好把备课的地点改在了屋顶天台。丈夫的所有用具,都被弟弟提前实现共产主义了,好一点儿的外套、新袜子、剃须刀,全被弟弟占据了。

与弟弟的大大咧咧相比,性事的严重压抑,才是丈夫真正介意的。杜安静隐晦地向母亲表达了不便,母亲顿时就炸毛了:"你看看那些戏里演的,人家就算当上了贵妃娘娘,也要提携提携自家兄弟,你瞧你这,不就是到城里来了吗? 还什么都不是呢,这就不认你弟弟了?"母亲的奚落让她无所适从。但同时,母亲也做出了改变,一到晚上,就拖着弟弟出门溜达,溜达到深更半夜才回来。有一回下大雨,杜安静和丈夫赶紧带着雨伞出门找他们,刚推开门就发觉母子俩哪儿都没去,就靠在过道的蜂窝煤炉子旁边打盹。

这幅惨淡的图景让杜安静充满了犯罪感,她和丈夫不约而同地过上了游击队员的生活,他们把做爱的地点改在了电影院、小旅社,甚至是丈夫学校的操场。丈夫怀里揣着结婚证,随时应对校园稽查队的突击检查。

杜安静的新婚生活过成了一坨注水的沙袋,无比沉重。母亲高高扬起结实的铁鞭子,驱赶着女儿,让她给弟弟找工作、找女朋友。找来找去,身无长技又好吃懒做的弟弟在城里没法儿立足,杜安静就帮他回老家的小镇栖身,在镇里为他买房子,找门路扶持他做起了小生意,筹钱助他娶媳妇,随时随地解决着他一家老小扑面而来的各种闹心事。这么多年了,杜安静一路跌跌撞撞地拖行着自己的家庭以及弟弟的家庭,仿佛一匹同时拖行着好几辆马车的老马,不知道什么时候就会扑地而亡。

　　还是不够。母亲对女婿的不满与日俱增。她挂在口头的一句话是:"女儿好不好,关键看女婿。"母亲老是对比着女婿与儿子的生存环境。女婿在车水马龙的省城当着体面的大学教师,儿子在四面环山的小镇守着水果摊儿。女婿住进了带电梯的公寓楼里,儿子想把进货的拖拉机换成货车,姐夫给钱就那么磨叽那么不爽快。女婿领着老婆孩子乘飞机去泰国看人妖,儿子快当爹了,姐夫怎么就不肯痛痛快快掏钱负担产妇的营养费、手术费?女婿过得多好啊,他过得好,他就有责任让小舅子跟他一模一样地好,否则,就是他的错,他就是狼心狗肺,就是无情无义!

　　母亲时时刻刻把自己武装成持剑而立的侠士,向女婿挑起战斗。丈夫并不接招,他只是越来越沉默。起初,丈夫对杜安静无底线接济娘家的行为睁一只眼闭一只眼,不支持、不反对,不怂恿、不拦阻,直到孩子出世。孩子还没满月,杜安静就被弟弟的婚事搞得着急上火,回了母乳,孩子不得不吃上奶粉,吃了没几个月,杜安静被逼无奈,将孩子的口粮从进口降低为国产标准,省下牙缝里的钱,交给母亲,让她去给未来的儿媳妇置办聘礼。丈夫对着一罐廉价奶粉爆发了,爆发的结果是,他坚定地掌管了自己的财务大权,从此不再将工资如数缴纳给杜安静。这是一场伤感情的较量,始作俑者,却是杜安静的母亲。

类似的事件,在杜安静的婚姻中密集发生。母亲恨上了女婿,亲手挑选的女婿变得千疮百孔、一无是处,纯属走眼。母亲逢人便嘲笑女婿是铁公鸡,吝啬贪婪,就一个小舅子都不愿意帮衬帮衬,这话从街坊邻里那儿传到丈夫那里。

丈夫跟母亲大吵一架。母亲嘴里的脏话像洪水决堤,丈夫哪里是对手?最后,母亲以一记响亮的耳光大获全胜,杜安静始终记得丈夫挨打后的眼神,宛如一只失足跌进臭水沟里、瑟瑟发抖的家禽,有惧,有惊,更有对这个世界的怀疑。那一瞬间,丈夫本能地回头,求援般地望向杜安静,杜安静的退缩让他眼里的飘忽不定突然坐实下来,变成了一种灰黑冰冷的物质。

丈夫的内心经历了什么,杜安静不得而知。那时的她,只是不断地为自己做着心理建设,相比老李的遭遇,自己的家事实在是小儿科。

老李在整个系统的知名度很高,谁都知道他有个奇葩兼极品岳母,谁都知道适龄女性与老李单独相处就如同跟炸弹在一起——老李的丈母娘把老李当贼一样盯着,不定什么时候就会冒出来,狠狠来上一铁锹。老李也很会自黑,他的 QQ 签名就叫作"防火防盗防丈母娘"。

老李的孩子出世后,杜安静跟办公室的同事一道去家里探视过,那次以后,老李的闺阁糗事就广为传播了。老李的丈母娘有吓死人的洁癖。一进门就是一排衣架子,回家得先换衣服,穿上居家服,双手以肥皂清洗三遍,即使客人上门也绝不徇私枉法。第一道关口,是换上专门为客人准备的居家服,那上头的消毒液足以让人跌一大跟头。第二道闯关,是进入卧室瞧一瞧新生儿,对不起,跟进了洗浴中心似的,洗澡更衣,光溜溜地换上蒸煮过的睡衣,还要戴一大口罩。

老太太不信任任何人,连浴室都要亲手擦拭,一旦有人洗澡,她就盘踞在门口,即使洗澡的人已经自觉地擦拭了潮湿的墙面和地面,她也一定要重新来过。一墙之隔,一边是赤身裸体的女婿,一边是守株待兔的丈母娘,这本身就令人抓狂。洗澡就成了一种负担。有一晚,老李决定惩罚这个变态的老太太,第一遍洗完,等老太太擦干净,他又进去洗了一回,老太太果然不厌其烦地再把浴室擦了一次,等到老太太回屋睡下,他洗了当晚的第三遍澡,听见声响的老太太随后起身,完成了第三次的擦拭工作,临了破口大骂他是神经病。

　　每天清晨,老李两口子早早就会被老太太从床上撺下来,换上散发消毒水气息的床单。那气味儿让老李感觉自己住在医院里,不是生龙活虎的大男人,而是一个行将就木的病人。更为恐怖的是,他发现妻子越来越像她的母亲,不知道是遗传还是传染,她把大部分精力都放在洒扫庭除方面,不社交、不消费,闲暇时便与母亲一道清扫房间。她的解释是,母亲年纪大了,不能眼睁睁看着她独自操劳,自己不过是顺着她的意,帮她一把罢了。老李的婚姻彻底泡进了消毒水,在滚筒洗衣机里一圈一圈地转动着。


　　婆婆住的养老院在远郊,每月的第一个周末,杜安静都会开车和孩子过去一趟,缴费、送换洗衣物。母亲过来以后,就顺道去看望一下亲家母。

　　丈夫去世以后,婆婆一下子就傻了。送到医院里检查,应激性障碍引发的老年痴呆症。从医院里出来,杜安静把生活不能自理的婆婆送进了养老院。

　　母亲一到,就咋咋呼呼地说养老院里服务差,屋里一股子尿骚味,掩着鼻子拖地擦桌子,还拿纸巾擦掉婆婆唇边的涎水,看上去就像是相亲相爱的老闺蜜。杜安静冷眼瞅着,她想到一个成语,兔死狐悲。

杜安静结婚十七年,母亲和婆婆就做了十七年的冤家。除掉拦阻孩子们离婚那次,任何时候,她们都不遗余力地互掐,短兵相接、明争暗斗,为的就是在本该完完整整属于孩子们的地盘上独大。

婆婆与母亲性情相反,两个老太太一动一静、一明一暗、一强一弱。婆婆当着儿媳妇的面,寡言少语。她什么都忍着,她的情绪,她的怨怼,她的委屈,她的不痛快,她只告诉儿子,不告诉别人。神情忧郁地按揉着疼痛的太阳穴,低声哽咽地诉说着对儿媳妇的嫌恶,这楚楚可怜的、哀伤隐忍的母亲,在儿子心目中掀起的滔天巨浪,足以让杜安静站立不稳。

丈夫是独生子,公公早逝,婆婆未曾再婚。婆婆是个优雅而孤僻的寡妇,梳着一丝不乱的发髻,眼神里有淡淡的哀愁,动辄泪如雨下。如果丈夫一定要把生命中所有的女人都冠以动物之名,那么,婆婆的形象似乎理应是小绵羊。

但是,在通信簿里,婆婆,是乌鸦。

这只乌鸦,与杜安静和杜安静的一家子统统气场不合。婆婆是城里人,杜安静是小镇姑娘,这出身就不对路。婆婆烧得一手好菜,杜安静不精厨艺,这怎么成?简直是罪大恶极!

要命的是,婆婆孀居多年,儿子是她的命,一切跟儿子有关的女人都是不共戴天的掠夺者。在杜安静之前,丈夫谈过一个女朋友,是他的大学同学,谈了有五六年,快结婚的时候分掉了。杜安静就是在那个悲伤的时刻捡了漏,否则,以丈夫的学识,资质寻常的杜安静不会是他的菜。

刚结婚时,杜安静见过那个女孩子的相片,丈夫偷偷地藏在书柜的最底层,整本的相册,清秀、知性。杜安静把婚纱照压在了相册上面。过了几日,相册不见了。杜安静追问过那段爱情的来龙去脉,丈夫语焉不详,杜安静获得的信息,就是婆婆不待见丈夫的前女友,丈夫的前女友也不喜欢婆婆。杜安静理所当然地认定了那是公主病在作祟,丈夫的前女友家境优越,婆婆不爱伺候傲娇的千金小姐,似在情理之中。

后来,杜安静知道,真相未必如此。

杜安静和丈夫从筒子楼搬进商品房以后,婆婆悄无声息地卖掉了自己的老屋,在对面楼里买了一套小居室,客厅的窗口,正对他们的卧室。婆婆在自家的窗台上种植了密密簇簇的金银花,蔓延的枝叶遮蔽了整个窗户。杜安静拉开窗帘的时候,对面总有一道冷而静的光,透过暗绿的藤蔓,她知道,那是一把小小的剪刀,是婆婆正修剪着多余的叶子,或是采撷着成熟的花卉,黄色的白色的,小而芬芳。

表面上,婆婆是懂事的,会做人的,她主动维持着一碗汤的距离。生完孩子,白昼小家伙由婆婆帮忙带着,到了晚上,婆婆还是会回到对面的家里居住。婆婆很宠孩子。小东西会叫的第一个词,就是奶奶。奶奶,奶奶,奶奶,一径甜蜜地叫着。婆婆让孩子养成了抱睡的坏习惯,婆婆把每口饭都嚼得烂烂的喂给孩子,婆婆给孩子买大量零食、饮料,婆婆放纵孩子长时间看动画片,婆婆教孩子以武力解决人世间的所有争端。

因为教育理念,杜安静与婆婆吵架了。婆婆泪雨滂沱,说自己为了儿子媳妇操碎了心。婆婆的话语方式含蓄而隐晦,杜安静常常听不懂她的九曲十八弯,但这回,她懂了。原来婆婆真是心细如发。杜安静感冒的时候,她提醒儿子别碰媳妇,免得怀孕了生个有缺陷的娃。杜安静来月经了,她也提醒儿子别碰媳妇,沾染女人的经血是要触霉头的。杜安静结婚半年还没动静,婆婆比谁都急,掐着时间点,提醒儿子与媳妇圆房,果然,结婚第七个月,杜安静怀孕了,那是儿子媳妇的功劳,也有婆婆的功劳,不是吗?杜安静怀孕了,怀孕了行房不好,她怕儿子血气方刚,差不多每晚睡前都要把儿子叫到一旁,谆谆教导一番。

杜安静气极,忽然失声发笑。

在这个家里,她是一件完完全全透明的物体。她关闭房门,关闭窗户,关闭所有的灯,拉紧窗帘,隔绝了金银花的气息和影子,压抑声息,在棉被深处,与她的男人肉帛相见。她以为,这一切都是私密的，是她和男人独享的秘密。其实，在她的房间里，在她享乐的床榻前，自始至终，有个隐形人，在黑暗中，静静地、不动声色地目睹着她肆意的喘息与源源不断的体液，目睹着她的纵情与欢乐。

婆婆没有住在对面窗口大蓬大蓬金银花的背后，她就在杜安静的身后，如影随形，携带着金银花乱人魂魄的香气。太荒诞了。

婚后第八年，他们的房事渐渐变得不正常。频率稀少，且闷头就做。不能有前戏，不能有语言的参与，唯有肢体的纠缠。在这一点上，他们有高度的默契。一旦开口交谈，路径是一致的，从任何的甜言蜜语开始，终究都会坠落在你妈或者是我妈的身上。然后，就是不可避免的争吵。有时是一边恨恨地争执着，一边犹如深仇大恨一般地完成规定动作，充斥在高潮瞬间的，不是极致的幻与光，而是无比具象的画面，那些恶毒的诅咒、狰狞的眼神。婆婆，岳母，小舅子，窥视，散播，孩子。无数无数尖锐的碎片，刀光剑影一般划拉过他们的肉身凡胎。更多的时候，则是难以为继，索然无味地停下来，终结点可以是任何时刻，伴随着争吵与厌倦，从彼此身体深处脱离。停下来。停下感官的享乐，吵闹、争执、诅咒，找准痛点狠命地戳。一较高下，一争输赢。无休止的争吵成了意义本身。

某种细长而结实的、钢丝般的恨意袭击了杜安静,有一天,她在丈夫的眼中找到了同样的意绪,再后来,这无形的绳索就无处不在地捆绑了他们的躯体,让他们动弹不得。从不易察觉的间隔,到间隔的无限延长,再到彻底的疏离,所有的进展仿佛一幅倾泻泼墨的山水画,流畅自如,一气呵成。当他们为牵丝攀藤的怨恨所裹挟,性就像一个顽皮的小孩,偷偷走失了,一去不复返。

随后十年的婚姻里,没有性的存在。自然,杜安静是个健康的女人,欲望就像身体的某个器官,新陈代谢、日夜运转。她开始悄悄尝试一个人的性爱。可惜,伴随极乐降临的,还有突如其来的、巨大的空虚感,以及孤独与不安。时常是在眼泪中完成终极的战栗。那样的时刻,她对这个同居一室、无动于衷的男人,充满了无以复加的仇恨,对自己轻触微温的身体,充满了深刻的怜惜。

在那些幽暗的深夜,丈夫是如何解决蓬勃的欲念,她不得而知。她能想到的,便是自渎与约炮,两者,都让她的憎恶变本加厉。有时,坐在餐桌前,面对丈夫夹筷的手指,她会产生肮脏的视觉,那肉红色的指头,仿佛沾染了什么不洁的东西。

有一阵子,杜安静被一个反复出现的噩梦缠绕,在梦里,她冲进色情场所,将丈夫捉奸在床。这是一个不断被修订、不断被增删的梦境,从最初大汗淋漓砍向赤裸的丈夫,再到观赏 A 片般的激情难耐,杜安静觉得这就是自己在无性婚姻中跌跌撞撞走过的砂砾小径。

对此,婆婆一无所知。她像唐僧一样絮絮地跟儿子咬耳朵,诉说对媳妇的厌恶之情。就像一只黑色的大鸟,扇动着翅膀,带来风和阴影。这就是乌鸦了。但似乎还是不对。乌鸦反哺。这只大鸟索要的,是反哺之恩。是这样的吗?杜安静想跟老李谈谈乌鸦,不过老李忽然消失了好几天。向单位请了事假,手机不接,就连收藏圈里的固定聚会,他都没有出现。


失联的老李,倒是最先被母亲给联络上。老李谢绝过母亲的宴请,母亲不厌其烦地发出第二次邀请。老李接了母亲的电话,告诉母亲,妻子过世了,自己张罗着诸般后事。

母亲无比兴奋地向杜安静转述了这个消息,以一种大势已定的语气,指挥着杜安静如何迅速拿下鳏夫。母亲甚至打电话找小镇的阴阳先生替杜安静和老李选一个适宜婚配的日子,杜安静简直哭笑不得。

"不知道他家讲究不讲究,有些地方,是要求丧偶以后三年不得嫁娶。"母亲居然担忧起来。

"不会,他应该会很快就考虑再婚的事情。"这个问题,杜安静迅速作答。

老李干涸了五年,这五年里,他找过人。对方是已婚者,老李的丈母娘跟神探似的,带领七大姑八大姨找上人家的门,逮什么砸什么,老李光溜溜地从床底下被揪出来,丈母娘上前给他就是一板砖,老李的额头足足缝了有十来针。这桩恶性事件的结果,导致没人敢跟老李动真格的,老李从此只能货真价实地单着。

躺在床上的老婆,老李离不了。他不能离。这个女人,倒在前往民政局离婚的道路上。那一天,她终于允诺了老李分手的诉求,老李什么都不要,房子、孩子、票子,他再也无法忍受丈母娘和她的消毒液,就是死,他也要离开那个家。他们瞒着丈母娘,一起出门去打离婚证,走在半道上,一辆大货车撞飞了老李的老婆。人是活下来了,活得跟死人一样。

抛弃这样的老婆,是需要勇气的。老李是小有官职的公务员,他没有这个勇气。老李在老婆的床前放了一张竹榻,在上面一睡就是五年。

杜安静的卧室里,其实也有一张很舒服的凉榻。没人知道,那是丈夫生前的睡床。丈夫在世时,白日里,他的被褥整整齐齐叠放在大床上,与杜安静的卧具并排而立。到了夜里,那些棉被就铺陈在了凉榻之上。在婚姻的最后十年,也是丈夫生命的最后十年，他们保持着这种相安无事的局面，仿佛共守着一个严丝合缝的阴谋。

在婚姻的后一个阶段，性的缺失，竟然逐渐显得理直气壮。杜安静和丈夫之间，已经没有了歇斯底里的吵闹，强烈的情绪被生活这块坚硬的磨刀石给磨灭了，爱，早已不见，恨也在不知不觉间消亡，剩下的，是习惯，更是漠然。

他们不约而同地把多余的荷尔蒙放到了工作当中，丈夫从讲师拼搏到了教授，杜安静则从普通的小科员攀上了副局长的职位。日渐增长的皱纹、世故、理智，以及后天习得的自律意识让他们选择了同事般的相处方式，敬而远之、睦邻友好。他们共同度过了因为孩子带来的种种磨砺与考验，共同践行着让步、平衡、距离等等人际相处的基本原则，他们平和而疏远，他们冷静而友善，他们分担家务，在一些怨恨袭来的瞬间止步不前，他们一起讨论孩子的事，讨论股市房市，讨论美国大选、日本海啸。每年的春节前后，他们都会带着孩子，早早选定某个著名的景点，合家出游，在朋友圈里晒出美食美景。

卧室之外，他们是一对比翼齐飞的夫妻，一对志同道合的伴侣。精湛的演技瞒过了所有的人。演出的周期有多长，婚姻的尽头在哪里，他们谈论过，史无前例地一把就通过，观点完全一致。他们的意思是，坚持到孩子成年，双方长辈仙逝。或许那是一个遥远而不确定的期限。但终究,有一个终点,就在未来的某一个地方。在那里,他们将刑满释放。

杜安静没有料到,最终,丈夫以死亡的方式,让双方提前重获自由。不过,面对丈夫的猝死,她没有过瘾与解脱的感觉,当然,也差不多没有伤感和疼痛,有的只是对于死亡的敬畏与惶恐,以及怔忪。

丈夫离开以后,按照风俗,他的用具被尽数焚烧。大床上只留下杜安静的被褥。那张竹榻无人安眠。杜安静独自一人躺在偌大的床上,不时就会想起那个夜晚。

那一段,她很忙。她其实一直很忙。那几天,临近年末,是一次重要检查的筹备阶段。她早出晚归。接连好几天,她回到家的时候,丈夫已经睡下。然后,那一天来临了。那是单位的大日子,检查顺利通过,大家一起去吃了顿饭庆祝。席间,上了酒。她喝了点,不太多,微醺。进屋后,她照例先去孩子的房间,孩子睡着了,她给孩子掖了掖被角。她洗澡卸妆,回到卧室,在漆黑的夜色里看得见丈夫平躺于凉榻的身影。她在大床睡下,很快就睡着了。

早晨,手机闹铃响起的时候,她一时有些发蒙,随即反应过来,她须得赶去宾馆,陪上级领导吃完早餐后送去机场。夜里下了雪,她撩开窗帘一角,看到轻微堆积的暗黑的雪的影子,对面窗口的金银花藤细瘦干瘪,在冬天枯萎得厉害。婆婆那些天跟着老同事去了暖和的海南,没人修剪金银花的枯藤。去洗手间换衣服之前,她看了一眼丈夫,丈夫面向墙壁,一动未动。丈夫的睡姿对于她来讲毫无意义。她已经有十年没有碰触过这个男人的身体。

盥洗完毕,她到厨房给孩子蒸上鸡蛋馒头。再过一会儿,孩子就要起床了。孩子吃完早饭,搭公交车去学校。没有早安吻,孩子是大孩子了,最近一年,跟她和丈夫的交流也很少。在高考的利刃下,显得有些烦躁和呆滞。幸好,孩子的成绩不错,让人省心。

返回卧室取手机的时候,再瞥了一眼丈夫,他仍旧是那个姿势。她出了门,沿着既定的路线去宾馆、机场,而后回到单位。

接到丈夫同事的电话,杜安静已经忙碌了一个上午,坐在员工食堂里,边吃午饭边与一位遭受挫折的属下谈心。丈夫的同事就在此时打来电话,丈夫上午有四节课,这四节课,他都没有露面,他没有请假,也不接电话。杜安静答应联络丈夫。

丈夫的手机通畅,但确实无人接听。杜安静想不出他还能去什么地方。她回忆起早晨的那个睡姿,似乎也没什么不妥,不过她还是下意识决定回家看看。

在卧室里,凉榻上,丈夫保持着杜安静出门前的模样。不同的是,他身上已经有了尸斑。夺去丈夫性命的,是一种叫作重症急性胰腺炎的疾病。

丈夫死去的时候,杜安静就在他身旁不远的地方,而他的死亡,仿佛与她毫不相干。她坐在神龛上,在袅袅升腾的香火中,强势而坚定,隔膜而疏离,就像那种抽象的动物,狻猊。在这一点上,丈夫无疑有先见之明。

要不要见饕餮,杜安静犹豫了很久。她下定决心,是因为老李的淡出。妻子身亡后,老李形迹诡秘,他不去杜安静的办公室,也不再参加收藏圈的聚会。在聚会上,闺蜜们询问老李的下落,杜安静是他的上司,天然负有新闻发言人的职责,当下她调侃:"我也不知道啊,兴许捡烟屁股去了吧。"

众女哗笑。

大家都知道,老李有一个卑微的爱好,收集烟蒂。那些烟屁股,来自世界各地的马路牙子,来自形形色色的垃圾桶,来自会议室、亲友的家、一切公共场所的烟灰缸,各种品牌,各种长度,各种形态。

这爱好持续了很多很多年,比婚姻的年头短不了多少。老李把它们放在办公室的抽屉里,随着数量的累积,被转移到了文件柜里。

烟屁股教会了老李一项独门绝技,那就是,即便他抽烟有限,但只要他闻一闻静止的烟屁股,就能准确说出香烟名及其产地。这是多么罕见的本领。不为人知、锦衣夜行般的本领。

杜安静亲睹过在埃及的街头,老李从代表团里脱身,为了得到人家手里细微燃烧的一截烟屁股,他跟着走出老远,直到烟屁股被随手扔在地上,被人用鞋底使劲踩灭,他这才遮遮掩掩、如获至宝地捡起来。

这是一个值得玩味的癖好,杜安静的理解是,对于被迫选择无性的老李而言,这就是一种渴望睡遍各型女人的野心。老李跟他的烟屁股一样,是个意味深长的存在。

杜安静忽然感到某种兴味索然,接连的两三次聚会,她也推了。另外一头,母亲三天两头催着她约老李来家里吃饭,亲自出马打电话给老李,这一回,老李忘了敬老爱老,连母亲的电话都不接了。母亲盘查她,她只好假装夜夜有应酬,就连周末都加班。

母亲一直没有打道回府的意思,惦记着她能下决心卖掉房子资助弟弟,顺带也督促着她抓紧再婚。这两样都有相当的难度,杜安静完成不了。她被挫败感打倒了,她决定找些既容易又有创新性的事情来做。譬如,见见饕餮。

饕餮,字面理解,就是狼吞虎咽,好像是另外一种鲨鱼,需索无度、贪得无厌。但是,鲨鱼有一张硕大的嘴,饕餮没有,饕餮是速度与激情的代名词。

在丈夫的手机中,这是一个90后的女孩子。这个女孩子比自家的孩子大不了多少,在她面前,杜安静觉得自己必须端足长辈范儿。

杜安静差不多提前了一个钟头就来到了星巴克,占据了一个靠近窗边的座位,当那个女孩穿过熙熙攘攘的人群,顶着一头被染成了好几种颜色的短发,穿棉布长裙与球鞋,朝着星巴克走来的时候,杜安静想不出她与饕餮有什么关联。

女孩的形象与饕餮相去甚远,并且,直到她坐在杜安静的对面,不停歇地玩手机、玩自拍的时候,杜安静仍然无法将她与丈夫联系在一起。丈夫不是人脉广博、长袖善舞的男人,他的朋友圈,大抵就是同事、同学、学生。这个女孩是本市人,却不是他的学生,她毕业于西南地区的一所名不见经传的大学,之后就在一间印刷公司打工。丈夫的职称评审材料,是由她设计的版式。

这些都是饕餮在摆弄手机的间隙,漫不经意地告诉杜安静的。说着这些话的时候,她的目光没有离开手机,她在微信中同时与好几个人分别用文字和语音聊天,看得出来,丈夫和丈夫的一切,对于她,压根儿就不重要。

"死了呀?够倒霉的。"饕餮如此评价杜安静带来的死讯。

微信里不知谁说了句什么笑话,饕餮忍不住大笑,笑得前仰后合。杜安静注视着她,慢慢啜饮着咖啡。饕餮喝咖啡也挺有意思,她只吃面上浓厚的奶油,把奶油舔得干干净净,立马将杯子推开。

"我说,婶儿,你们不是生不出孩子吧?"饕餮终于把视线从手机上移开了一小会儿,问的话却让杜安静大跌眼镜,不等杜安静回答,她的注意力又回到了手机,手指按动如飞,"生不出孩子也别打我的主意啊!婶儿,我实话实说,我跟他,就那么三五次的,每次都做足了措施。再说了,就算是怀孕了,我们那都是两三年前的事儿了,要是怀孕到现在还没生,那不成怪胎了?"

杜安静完全语塞。

"我不是大叔控,跟他,也就好奇一下下而已,"女孩头也不抬地说着,"婶儿你要是想找麻烦,也甭找我,我自个儿正烦着呢,你想想,我这结婚还不到三个月,老公就嚷嚷着要离婚,还没人拦着,他爸他妈,我爸我妈,就没人管这茬儿,我妈最过分,拉着我爸跑土耳其开中餐馆去了!"

杜安静什么话都说不出来了。

"不就是抢电脑吗?我都答应让给他了,他还要离,你说混蛋不混蛋?!"女孩居然把杜安静当成了一双适宜吐槽的耳朵,"婶儿,告诉你,我可得坚持住了,领证前我就跟我朋友打赌了,我这结婚超过半年还没离,我那几个发小,她们得集体凑钱,输我一爱马仕的包包!"

"你……结婚了?"杜安静半天挤出这么一句。这句话,让饕餮第二次抬头看了看她,这回,看得挺仔细。

"我说婶儿,您平时不大爱说话吧? 挺沉闷,对不对?"女孩子一副恍然大悟状,"怪不得呢,我说大叔他怎么就那么奇怪,我记得那会儿他老说,丫头,你等着我,等我尽完了人生的责任,我一准儿离婚,离了婚,我许你一个终身……"饕餮鹦鹉学舌地学着丈夫的口气,学不下去了,笑了场。

杜安静不知道该礼节性地陪着发笑,还是保留脸上的惊骇。她惊骇的,倒不是丈夫与饕餮的肉体交集,而是丈夫的深情告白,被饕餮当成了天底下最好笑的笑话之一。

"当时我就说他,我说大叔,你这脑袋瓜儿,是一万年以前的构造吧,"饕餮乐不可支,突然,收束了笑容,正色道,"那个大叔,一看就是玩不起的人,婶儿,说实话,当时是我一脚撂了他,我不喜欢这么认真的人,我真怕被他给缠住了。"

杜安静的手机突然响了,她看了一眼,居然是退隐江湖的老李。她没有接。饕餮还说了些什么,她倒是没有留意了,心不在焉地想着老李的突然消隐、突然现身。

她们的会面风轻云淡地结束了。离去的时候,饕餮忽然低声说了一句含糊不清的话："结婚以后才知道，大叔真是好人，他跟我那恶魔老公，那就是两码子事儿。"饕餮脸上没有怅憾，仿佛是在客观地做着一项评价。接下来，饕餮说了最后一句话："婶儿，你看起来也不是兴风作浪的女人啊，两个好人在一起，怎么就不能安生度日呢?"

饕餮走后，杜安静再呆了一会儿，喝完了一杯已经冰冷的咖啡。那是咖啡，不含酒精。但是，当她起身的时候，有些恍惚。是日暮前最炎热的时辰，她走出冷气很足的星巴克，一下子就为滚滚热浪所包围。

在热浪里，杜安静打算给老李回个电话。电话那头的老李兴致勃勃地说："下周六空出来啊，不许安排别的活动。"她笑着说："干吗呀? 重回江湖了?"

"一起吃个饭，介绍个朋友给大家认识，"老李的声音里没来由地透着奇怪的扭捏，"对了，我记得妇产科医院院长你挺熟的，找个机会，给我搭条线。"

"有人生孩子?"星巴克门前是几米高的台阶，宽大平缓，杜安静一边听电话，一边下台阶。

"我那个……上个月认识了一姑娘，是我前头那个……ICU里的护士，"老李顿了顿，语速流畅了起来，"这不，刚查出来，怀上了，我也赶了一回二胎的时尚，昨天我俩去领了证，她这有了身子了,不准备大办,下周六请请两边的亲戚朋友——杜局,一定把院长介绍给咱们,咱就去她医院里生!"

杜安静穿着舒适合宜的平底凉鞋,但是,她竟一脚踏空,在盛夏喧嚣的市声中,狼狈地朝下跌去。摔倒的瞬间,她还琢磨着老李的话里有什么不对劲的地方,啊是了,她想起来了,就是那一声"杜局",私下里,他都是直呼其名,从来没有称呼过她的职位。

然后,眼前的景物全部颠覆,被太阳晒得发软的人行道与刺目的天空颠倒过来,迅速围聚过来的表情各异的人脸与形形色色的鞋子也颠倒过来,万事万物皆角度扭曲、互为镜像。她确定自己听到了骨头裂开的声音。

世界,突然安静。

过 午 不 食

# 1

小院里种了些花花草草,大多是可以食用的植物。像薄荷、鱼腥草、芦荟一类的,还有小葱跟蒜苗,都是很好养活的,有一些,在当季的时候还会开出细小而清洁的花朵。亦花亦草。

从躺椅看过去,花草外尽是小区的绿植,宽大繁密的树叶以及对面的公寓一齐投下大片大片的阴影,院里的地面有一种不见阳光的、深而暗的濡湿。梁葵习惯了高层住宅辽阔的视野以及无穷无尽的风,她不喜欢婆婆这里的阴暗和潮润。

梁葵蹙起眉头,努力让自己躺得舒服一些。婆婆这把躺椅有些年头了,挺结实的材质,但是没有任何铺垫,冷硬的木质硌得她的后背生疼生疼的。她不断地变换姿势,不知怎么的,渐渐地就睡着了。

她梦见了母亲。已经去世八年的母亲,像生前那样,徐徐剥着一簸箕青豆,从容不迫地对她说,葵,妈不欠你的,你可知道,你所有的好日子是怎么修来的?那是我在菩萨跟前,一年一年、一天一天替你求来的。

醒来以后,她感到怔忪,还有无以复加的疲倦。这是九月初的午后,夏季的浓烈与稠密刚刚过去,天光变薄了,有了一层淡淡的凉意,那凉意像深井中的水流一样蜿蜒淌过她的筋骨。她试图回忆梦境中的母亲。她记得母亲瘫痪在床的那段岁月,的确时常念叨着类似的话语,虽然虚弱但语气绝对不容置疑,仿佛是在陈述一桩事件的真相。

当时她只觉得荒谬。她以怜悯与不屑的目光注视着自己迷信无知的母亲,想象藏在那个花白衰老的头颅里的知识是多么的稀少和蒙昧。

事隔经年,她开始产生怀疑。也许,母亲是故意的。出于求生的本能,一辈子老老实实的母亲在人生的悬崖绝壁面前生出了某种奇异的狡狯。母亲未必相信自己说的话。在生命的尽头，那不过是一点卑微的筹码，是一种极致的哀求，更是一只在绝望中拼命朝她伸出来的手臂——母亲渴望被她牢牢抓住，以她的健康与力量，去对抗死亡的万丈深渊。

通往小院的纱门被打开了，婆婆出现在门边，手里拿着浇花的水壶，那水壶其实是大号矿泉水瓶改装的。婆婆的身形本来就瘦小，这些年脊背越发地佝偻，那只瓶子看起来就像是庞然大物。

"坐月子的人饿得快，这会儿该打尖了吧？"婆婆没有朝她看，不经意似的说了一句。婆婆这是在变相地提醒她，该回自己的家了，该给儿媳妇做饭去。现在，梁葵家中有了媳妇，她有婆婆，但她自己也是人家的婆婆了。

"我梦见我妈了。"梁葵轻声道。

"亲家母这是手头紧了，给你送个信儿。"婆婆浇着水，镇定地说。"眼见得天就要冷下去了，该添置过冬的家伙，是得花一笔钱了。"婆婆说。

梁葵没有吱声。

"赶明儿，我买些纸钱，替你烧给亲家母，也给你爹捎一份去。"婆婆继续说着。婆婆口中的爹，是指公公。梁葵没有见过公公，就连老公都没有见过自己的父亲。老公是遗腹子。婆婆没有再婚。老太太的人生又长又悲。

　　"天上的人，也照季节过着，地上的人做些什么，他们也做些什么，地上的人添衣加被了，他们也不能落下，也是哪哪都要花钱的。以后，多惦记着点儿。"婆婆云淡风轻的语气，让梁葵有一瞬间的恍惚，似乎她描述的那个世界是真实可信的，一举手就能够触摸得到、一抬腿就能够跨越过去。

　　这是生活的另外一种智慧。回去的路上，梁葵漫无边际地想着。人到老了，死的暗影慢慢簇拥过来，谁都会变得胆怯，甚至畏畏缩缩，总得用点儿什么抵挡住那份浸入骨髓的恐惧。

　　于是，索性虚构与编撰一个遥远的所在，跟现世相似，但比眼前的规则与方式更为理想，更加趋近于世外桃源。关于终极之地的设想，就像一堆安眠药，将惶恐的情绪催眠、麻痹，这样，无论是病痛难忍，还是忧伤彷徨，都显得不那么难以忍受，彼时，也许还会生出隐约的向往。毕竟，离别只是暂时的，万事、万物终将会有美满、极乐的团聚。

　　年轻的时候，梁葵对唯物主义之外的说辞嗤之以鼻，而今她倒是时常从民俗学的角度去思索里头潜藏着的某些类似心灵鸡汤的东西。对于心理学和宗教学的关注，大约专属于她这种中年女性群体。

　　婆婆的屋子与梁葵的家不过隔着几幢楼，短短的一段路很快就走完了。梁葵还不想上楼,她在石凳上坐了下来,可能是打盹那会儿受了凉,她觉得头晕。她抬起头,望向二十一层楼上自家的阳台。晾衣竿上,依稀挂着几件婴儿的小衣裳,在稀薄的阳光与微淡的风里晃悠着。

那些巴掌大的小衣裳,都是媳妇网购的。梁葵也买了一些,是慎重得近乎奢侈地从商场里挑回来的,价格昂贵到不可思议。但是,媳妇并没有给小囡穿上。原因是什么,梁葵没有询问。买了就好,尽尽心意。她是这样想的。她已经学会了不去刨根究底。

起初,媳妇打算去国外生产,后来,又准备到月子中心坐月子。不过,这一切都无疾而终。末了,到底还是待在家里,雇了月嫂照看小囡,做饭则由梁葵负责。最终的决定,是儿子跟梁葵谈的,媳妇没有露面。儿子怎么说,梁葵就怎么应着,心里却渐渐地紧张起来,像即将进考场的学生。

梁葵特地从网上下载了月子食谱,产后第一周,不宜大补,乳腺未通,荤腥多了,容易堵塞。媳妇是 90 后,梁葵尽量照着科学的方式伺候月子,空调开到二十六摄氏度,一早一晚掐着点开窗通风。媳妇若是要沐浴,她肯定不拦着,暗地里备下了大功率的电吹风,吹干头发便不会有月子病一说。

不过,媳妇铁了心要坐一个最古板最循规蹈矩的月子:不洗澡不洗头,连牙都不刷,长衣长裤,戴着帽子。小囡吃奶的时候由月嫂递到怀中,绝不弯腰。媳妇的观念如此传统,梁葵的新潮就算闯下祸了。

"你瞧瞧这天天都吃些啥玩意儿!当我是兔子还是羔羊?食草动物啊?油星儿那么少,小囡哪里来的母乳?我看你妈就是成心的,她肯定嫌弃小囡是女孩子!"当她听见媳妇在房间里冲儿子嚷嚷,完全手足无措。她手里正端着餐盘,里头是一小碗红豆薏米粥,一小盘蔬菜沙拉。

媳妇的调门就没打算要回避她,反倒是她讪讪地躲进了厨房。其实这已经不是第一回。小囡早产,媳妇依然坚持剖腹产。她静待媳妇与亲家母拿捏出最终的意见,自己默默地在一旁照应着媳妇的点滴。她是朝着民主宽容的婆婆形象奋力前行,岂知她的无为、退让竟成了媳妇眼里的第一宗罪。

"我到死都忘不了你妈那眼神,冷漠、事不关己,就跟陌生人似的,一声不吭,不说剖,也不说不剖,好像我和小囡的死活跟她一点儿关系都没有!"小囡出生后,儿子才从出差地赶至医院,媳妇朝着儿子说的第一句话就是对她的控诉。梁葵着实给惊着了。

原来,在媳妇眼里,她就是心如蛇蝎的老巫婆。原来,婆婆这身份就是原罪,说什么都是错,沉默也是错,大包大揽是错,谨言慎行更是错。

梁葵再次蜷缩在婆婆的躺椅里,这一回,她带来了一只抱枕。豹纹的,填充物是茶叶,很适合中老年人。为媳妇做好月子餐之后,梁葵不太愿意留在家里,但是,她无处可去。

她已经过了独自坐在茶馆和咖啡厅里思考人生的年龄,那种矫情让她生厌。一个人迎着风、迎着熙攘的人群满脸惆怅地走在街头,那样的文艺范儿,也跟她脆弱敏感的膝盖不搭。反而在她一直厌烦着的、充满灰暗老迈气息的婆婆的房中,她才能够稍稍安下心来。

婆婆曾经话很密,上了岁数,絮叨劲渐渐没了,也许是没有多余的精力去追问什么。老太太在一座小小的佛龛前,双手合十,念念有词。婆婆的心事大约都交付给菩萨了吧。

梁葵又饿又乏力,午饭后没一会儿她就觉得饥肠辘辘。她在婆婆的厨房里翻找着,婆婆的房屋里像住着一个清教徒,什么零食都没有。梁葵一无所获。她好不容易找出几颗干瘪的红枣,抓了两把大米,熬了一小锅红枣稀饭。

梁葵坐在餐桌前小口小口地喝着粥,婆婆闻声递过来一小碟腌菜。梁葵看了一眼,蜿蜒黯淡的腌青菜突然让她恶心起来。她推开稀粥,坐着发呆。

"要不,我去给你买一袋速冻饺子? 饺子还是汤圆?"婆婆拿起出门用的手袋,梁葵知道,那个被自己淘汰下来的旧手袋里有婆婆亲手缝制的布钱包,钱包很小,里头的钞票按照面值分成一卷一卷的,裹得紧紧匝匝。婆婆的一切,梁葵都了如指掌。毕竟,这个老太太成为她的婆婆,已经二十九年了。

很早以前,婆婆就养成了过午不食的习惯,早餐和午餐也都很简素,正午之后只喝白水。在梁葵看来,她对于饮食的节制差不多到了丧心病狂的程度。没有任何人、任何美食、任何意外能够让她破戒。

不过,婆婆乐此不疲地为儿孙们烹饪,在她与梁葵同住的那些年里,厨房里总是摆满了各种各样的零嘴儿,她不断琢磨着新的菜式,殷勤地奉送到儿子媳妇和孙子跟前,欢喜地看着他们大吃特吃。

多年前,梁葵产后曾经体重失控,使出了十二万分的力气节食,可是婆婆置若罔闻。梁葵下班进屋,婆婆第一时刻送上好吃的小食。梁葵一边使劲嚼着那些甜腻腻油浸浸的玩意儿,一边在心底里恶狠狠地诅咒着婆婆。

梁葵认定了婆婆是有意而为之,这老太太居心叵测,要把媳妇喂得膀大腰圆一副蠢相,唯其如此,才能保持住她自个儿在儿子心目中孱弱无助的形象。楚楚可怜的母亲在儿子的心目中是占点地位的。那时梁葵年轻气盛,偏不让老太太的阴谋得逞,饕餮完,她立马去操场跑上十来圈,她在老太太面前得意洋洋地炫着她的马甲线,她知道老太太满是粗茧的脚底已经不能承受大剂量的运动。

这一局,她判断自己是赢了。嫁给寡妇的独子,本来就是一场高风险的赌博,随时随处都是虚虚实实明枪暗箭的较量与争夺。通常,梁葵都是胜出者。起码,气势上是如此。

只是,最近这两年,梁葵的饮食习性也有了很大的改变。到了某个阶段,身体的器官已经不能承受放纵与贪婪,尤其午后至夜晚,多食的后果便是不适。梁葵渐渐收敛了从前的任性,先是不再贪图重口味,接着便是晚餐的极简化,再到索性放弃晚餐。她竟然像婆婆那样过午不食了。

这却不妨碍她充分展示自己的厨艺,她会备下花样繁多的晚餐,会乐此不疲地学做烤肉串、钵钵鸡一类色重味辣的菜肴。儿子媳妇吃得很欢,梁葵不动筷子,含笑注视着他们,像一个心满意足的喂养者。奇怪的是,她没有丝毫馋涎欲滴的感觉,她的味蕾自动屏蔽掉了。

媳妇与肚子里的小囡被她喂养得很棒,某个夜晚,媳妇从体重秤上下来,幽幽地来了一句:"妈,您的自律意识可真强。"这话里头九曲十八弯的意味让梁葵倏然一惊,想起当初对婆婆的臆断。

　　梁葵依旧过午不食，直到最近。她的体内生出了一个欲壑难填的坑，需要不断填塞进去很多很多的食物，很多很多的安全感，很多很多的爱。安全感与爱太过珍稀，食物却是易得的。她便拼了命似的吃，从早到晚。

　　婆婆开始换鞋，一边等待梁葵在饺子与汤圆之间做出选择。眼见得梁葵久久不作声，老太太拉开门，望着她，征询地说："那就饺子？"

　　就在这一刻，梁葵决定告诉她。梁葵说："妈，我怀孕了。"

## 2

　　怀孕的事，儿子是第一个知情者。

　　月经过期以后，梁葵在网上查来查去，猜不准这是更年期还是喜脉，前者的可能性极大，后者多半是意淫。她怀着游戏的心态先后使了三根不同品牌不同价位不同口碑的验孕棒，分早中晚三个时段，玩了三次尿液，都是阳性。验孕棒被卫生纸扎扎实实地裹了起来，冲进马桶的下水道里。她把自己反锁在卫生间，将淋浴头打开，独自坐在地上，发呆。然后，她去了趟社区医院，验了血，最终证实了这个令她揪心的事实。

　　这一年，她四十六岁。刚过完阳历生日不久。刚升级当了奶奶不久。

距离上一次怀孕过去了二十四年，时间太过漫长，她已经不太想得起当年的感受。只知道在无数残篇断简似的记忆中，儿子已经长大成人。

梁葵自认是个细致的妈妈，养育儿子的过程中规中矩，不偷懒、不懈怠，因此没有太大的缺憾。但是，最近这一阵子，面对儿子，她老是会感到一种陌生而又刻骨的疼惜。

因为，儿子早婚了。

儿子幼时，梁葵跟大部分毕业于中文系的母亲一样，多愁善思，对未来做过种种胡思乱想的预设，想过儿子长大后远走高飞，留下她和老公当空巢老人，想过儿子资质平庸事业无成变成啃老族，想过儿子成为那些让父母焦虑的不婚族抑或是丁克族，搞不好性取向出现问题忽然带回个男伴，甚至悲观地想过若是发生天灾人祸儿子有个三长两短，作为失独母亲，她还能不能活下去。她什么都想过，唯独没有想过儿子会早婚早育。

大学毕业第二年，结婚生孩子都凑一块儿了，确实是早了些。老公怼她，你这是身在福中不知福，非等儿子晃悠到了三十大几形单影只的才着急？

老公不太喜欢跟她聊儿子和儿媳妇，也是，压根儿就没有老公公八卦自己媳妇的道理。于是，在那些失眠的夜里，梁葵往往一动不动地躺在床上,睁大双眼,捕捉着窗帘外稀疏的天光,她感到自己的前半生宛如远处模糊的夜声,呼啸而过,转瞬即逝。

老公家的男性拥有惊人一致的审美意趣,媳妇的相貌跟梁葵和婆婆属于同款,是骨骼纤细的女子,看起来有些柔弱。

梁葵自然不会以为媳妇是无心机无算计无谋略的小白兔,经过了一些琐碎的家长里短,她基本懂得了媳妇的套路,那就是在公公婆婆跟前示弱,然后躲在儿子背后发号施令,由儿子扮黑脸。

婚后儿子曾对她说:"妈,婆媳是天敌,做到不翻脸就好。"乍然听到这话,她蒙了,先是震怒,继而就是伤心。儿子这是在给她立规矩,防范她让媳妇受气。

梁葵忍不住跟教研室的同事聊几句,抱怨养儿子的苦涩,抱怨儿子是白眼狼。人家听了,多半笑笑说,你儿子真有意思。后来,她也不大说了,随着越来越多的新生出来的伤痕,早先的那道伤口,已经微不足道。在与儿子的感情上,她被深深地辜负了,就像一个重症伤者,分分秒秒都处在撕裂般的疼痛中。那痛,已然成了身体的一部分。

这门亲事梁葵是极力反对过的。媳妇跟儿子是大学同学,所谓的凤凰女,家在全国著名的贫困山区,媳妇是村子里的首名大学生。两人好起来的时候,梁葵千方百计地阻拦。不是一哭二闹三上吊那种低劣的手法,她给儿子旁敲侧击地做思想工作,拉着儿子一起看热播剧《欢乐颂》,有意无意地点评里头的樊胜美,又煞费苦心地安排儿子见白富美。

儿子很配合,听着她谴责樊胜美的穷逼父母用道德绑架自己的女儿。相亲对象,儿子也见。与美少女们的会面很礼貌很周到,完了还会要走人家的电话,虽然事后一次都没有打过。梁葵信心满满地以为熬过了荷尔蒙分泌的周期,儿子就会迷途知返。岂知性子磨叽的儿子这回给她来了个措手不及,就在她兴致勃勃地物色着适龄女郎的时候,儿子光明正大地把女孩领回了家。女孩肚里揣上了小的。

梁葵暗暗希望他们做掉,就连给女孩的经济补偿她都盘算过了,再不济叫上老公双双登门去给女孩的家人当面赔不是。但是,儿子宣布生下来。

后来,一切就简单了。尽管见亲家的过程很闹心,谈彩礼仿佛人口买卖,谈婚礼仿佛打一场扶贫攻坚战,梁葵的老公几次险些拍案而起,喜宴也弄了个人仰马翻,亲家公坚定地要求上台讲话,蹩脚的普通话至今都让梁葵在朋友圈里羞愧难当。不过,婚是结上了。无论是从法律还是伦理的角度,梁葵都当上了婆婆。在生了儿子的女人的生命历程中,这算是一座史诗般的里程碑。

　　小两口暂时跟他们住在一起。婚前，亲家言之凿凿地要求买房子，梁葵和老公没有异议，出钱全款买了一套小三房，期房，两年后交房，写上儿子和媳妇的名字。家里还有别的房子，不过都在出租状态，收回来重新装修未尝不可，鉴于媳妇怀着身孕，新房怎么着都有甲醛污染，商讨半天，梁葵和老公让出主卧室，新婚夫妻搬了进去。

　　客卧的床宽度只有一米五，梁葵侧身躺着的时候，总是尽量让着老公，让他睡得宽敞一些。好一阵子，梁葵都跟做梦似的，常常想不起家里多出了一个人，老公也是这样。半夜老公起身去客卫，冲水声响起，梁葵一个激灵，起身抓着他的睡衣赶出去，老公睡觉只穿短裤，万一给媳妇撞见，那该多丢人。清晨梁葵往煮蛋器里放鸡蛋，好几次放的是三只，她便借口控制胆固醇，不吃鸡蛋。这些尴尬的时刻，望着这对随时随地高调秀恩爱的小夫妻，梁葵就会生出惆怅。她觉得自己远远没有适应给人家做婆婆的新身份，她发现自己对于这个跟儿子同床共枕繁衍生息的女子有着相当复杂的情绪。

　　小囡出世后，儿子跟着熬了几个通宵，眼圈青黑，腮帮的胡茬也是一团青黑的暗影。梁葵打心底里疼，从来没有过的疼，就连儿子高考那会儿都没这样。儿子的那些男同学还在满世界地晃悠满大街地撩妹,儿子已经要面对养家糊口的责任,要面对即将来临的关于生活的不可言说的沉重,想到这些,梁葵就觉得喘不过气来。不只如此,梁葵还要凭空给儿子增添这么一番兵荒马乱。太对不起儿子了。

正是怀着对儿子的愧疚,怀孕的消息,梁葵第一个告诉的,不是老公,反倒是儿子。用的是稀松平常的语气,好像说着今晚吃回锅肉或者是换季的衣服已经送去干洗过了。儿子成年以后,这是他们母子惯常的交流方式,举重若轻、大事化小。这是儿子青春期的后遗症,度过了那一段近乎可怕的暴烈执拗的正面冲突的辰光,他们彼此都调整了自己的表达方式,尽量小心翼翼的,在相互尊重里透着淡远与警惕,透着乞谅与和解。梁葵不知道别家的母子是怎么相处的,对于儿子,她感到的不过是咫尺天涯般的疏离。

跟梁葵预料的一样,儿子的态度是,差不多没什么态度。儿子从喉咙深处瓮声瓮气地嗯嗯了两声,不置可否。那是儿子加班晚归后的夜晚,在餐桌前吃着她做的蛋炒饭。儿子的脑袋差不多埋进了盘子里,吃得稀里呼噜的,看不见表情。后来,儿子推开了盘子,站起身来,眼睛回避着她的视线。当然,她也在刻意躲避着儿子的眼光。儿子看起来很饿,可是蛋炒饭还剩着一大半,配饭的蔬菜汤也被冷落在一旁,儿子似乎视而不见,同样被儿子视而不见的,还有她刚刚提及的,在她肚子里一点一点萌生着的,与儿子血脉相连的那个小小的胚芽。

儿子转头就对媳妇说了。这也不出她所料。她想象过媳妇的各种反应,这些反应,最终会经由儿子的明示或暗示,被她接受或是揣测到。她以为小两口会含蓄地表达不满抑或干脆袖手旁观,出乎她意料的是,媳妇竟然急不可耐地赤膊上阵、亲自出马,而且,不玩阴的,上来就旗帜鲜明地表态。

媳妇的那些话,并不是大眼瞪小眼当面锣对面鼓讲出来的,而是在微信里,也没有用语音,全部文字,一句一句,长短不一,像现代诗那样分行排列,却是连一丁点的诗意都没有。

妈,徐大夫的电话您那里有吧?

抓紧联系。

我在网上查过了,时间越短越好,人不受罪。

我跟小囡这边,先请我妈过来帮帮忙。

我妈后天就起身赶过来。

我妈答应待上一个月。

梁葵只读过一遍,就这一遍,她几乎可以倒背如流。新媒体的优势在这件事情上体现得淋漓尽致,媳妇的每句话都在狠狠地得罪她伤害她挑衅她,但是,又好像什么都没有发生过,可能出现在婆媳之间的反唇相讥、针锋相对、冷嘲热讽，直至硝烟弥漫，都被无形的微信消解了。在微信里，凡事都以虚无的状态存在着。

媳妇在微信里提到的徐大夫，与梁葵是初中同学，如今是本市三甲医院炙手可热的产科大夫，媳妇生孩子的时候，梁葵就请她开后门建卡产检接生什么的。如今，媳妇却是让梁葵去找徐大夫，及早做人流，多么讽刺。

梁葵感到恼怒。媳妇竟然给出了唯一的选项，她有什么权利越俎代庖地做主？梁葵试图逃避那些语言，但是，她发觉自己逃无可逃。

媳妇的微信，她没有回复。跟着，儿子就出面了。也是微信。该死的微信。儿子在微信里发了一个表情，是一个梁葵不太看得懂的动画图案。儿子用的是语音，他说："妈，手术约的啥时间？我提前给小囡外婆在网上订票。"

梁葵怔了半晌。这不是儿子的风格，这种体贴的催促，多半是媳妇的意思。儿子结婚以后，梁葵的生活就像从一部跌宕起伏的爱情片变成了悬念迭起的侦破片，她时时揣测那小两口的心思跟门道，琢磨哪些话是儿子的原创，哪些又是媳妇的口气。

尽管不情愿，梁葵还是给儿子回了微信。媳妇在等着她的消息，她要是不吱声儿，媳妇就该冲儿子发火了。她也用语音，她对儿子说:"我还没考虑好。"语带双关,也许是孩子的去留,也许是手术的时间,也许都没考虑妥当,就让媳妇尽情猜去吧。

儿子那边,静默了许久。梁葵手里做着别的事儿,耳朵却竖起来,留意着手机的动静。接下来,儿子会怎么说呢? 这是个大问题。说不定,儿子就此打住? 媳妇不傻,拿主意的应该是梁葵和老公。

微信提示音响起来。梁葵几乎是扑了过去,那种急迫,就像少女时代等候心上人的信件。梁葵点开微信,儿子还是发语音。儿子的嗓音有点沙哑。儿子说:"有啥好考虑的? 咱家是有皇位还是有亿万家产要继承啊?!"

儿子的语气透着极度的不耐烦。梁葵完全惊呆了。醒过神来,她发觉眼泪都快出来了。她意识到这是一次刻骨铭心的重创,难以修复。就像是在一把青葱般的年纪,鼓起勇气向男神表白,结果人家不留情面地一口拒绝,我不爱你。那样的伤,从此潜伏在身体深处,每到季候转换,在一些特定的时刻,譬如起风的刹那,譬如落寞的黄昏,必然会猝不及防地从心底痛上来,犹如风湿性关节炎,永不疗愈。

## 3

老公是在自己的办公室里知道了小不点儿的存在。继儿子与媳妇之后,老公是第三个知情人。

老公太忙了,梁葵在他办公室的沙发里窝了整整一个下午,喝着熟普,刷着手机,听着他接电话打电话,等着一拨一拨下属进来汇报工作,中间还短暂地离开了一会儿,到会议室里去讲了个话。

进出老公办公室的人大都认识梁葵,殷勤地跟她搭讪几句,梁葵不太习惯,恨不得瑟缩在某个无人的角落里。梁葵和老公在同一所大学里的传媒学院工作,老公是院长,她则是尊贵的院长夫人。当然,她的职业身份是一名普通教师。

梁葵很少去老公的办公室,她没有那种夫荣妻贵的意识,她是个性情内敛的女人。学院召开教职工大会的时候,她差不多都坐在最后一排,老公在主席台上铿锵有力发表讲话的时候,她使劲低下头去,摆弄着手机。坐在她身旁的女同事时不时碰碰她的胳膊,巴结地说一些类似于"院长又有新思路了,是不是你给参谋的?"之类的废话。这样的时刻,她总是感到窘迫。奇异的是,在大庭广众之下,她跟那个每夜裸裎相见的优秀的男人之间,仿佛隔着一些什么似的。

老公处理完了手头的事情,在她对面坐了下来,顺手抽出一支烟,准备点燃。梁葵一言不发地拿过他手里的烟,放回烟盒。

"怎么了,你?"老公有些微微的惊异。梁葵抬起头,注视着老公,谈恋爱的时候,老公的双眸黝黑澄澈,每每让梁葵想起蔡琴唱的那首《你的眼神》。那时,梁葵喜欢踮起脚尖,亲吻老公的眼睛与眉毛。她觉得那是老公最性感的部位。但现在,她在老公眼里看到了薄薄的灰色,看到了世故与狡黠。

"你怎么怪怪的? 到底有啥事儿?"老公说着,避开她的目光,起身往茶杯里续了水。没来由地,梁葵从他的肢体语言里感受到了莫名的紧张。他在紧张什么? 梁葵紧随着他的动作说:"我有了。"

这是一个对于他俩而言,既遥远又陌生的语式,以至于老公困惑地回望着她,反问道:"你有什么了?"梁葵不得不换了更清晰的说法,她说:"我怀上了。"

"这样啊。"老公明显松了一口气。梁葵突然产生了好奇心,老公以为她在办公室里兴师动众郑重其事地耗了整个下午,是要说些什么呢?

老公把茶杯放到梁葵跟前,又一次掏出那支烟,点了起来。梁葵的心猛地往下一沉。这是一个似曾相识的场景,初次怀孕时,老公做的第一件事情,就是掐灭烟蒂,成功戒烟直到儿子出世。

梁葵紧盯着老公手里的动作,老公左手拿烟,右手抓起桌上的那本排课表翻看着,看了一会儿,自顾自拿起座机听筒。老公拨通了一个电话,对着电话交代着。梁葵立刻听明白了,对方是自己教研室的主任,老公安排主任为梁葵调停未来两周的课程。

"梁葵有点私事,需要请假两周。"最后,老公对着电话里说。

放下电话,老公转过身来:"去找徐大夫吧,熟人方便些。"老公跟媳妇不约而同提到了徐大夫。无辜的徐大夫,被理所当然地当成了刽子手。老公深吸了一口烟,随即,想起了什么,迅速掐灭烟蒂。

"我得到科研处去一趟。"老公丢下一句,夹着包,匆匆起身朝外走去。烟灰缸里,尚未完全熄灭的烟蒂徐徐升腾起一股青烟,梁葵的视线穿过那些渐渐微弱下去的烟雾,凝视着老公硕壮的背影消失在走廊尽头。她脑子里有点儿凌乱。

梁葵问自己,这就是终结? 没别的了? 没有惊喜倒罢了,难道连温柔的怜悯、深重的遗憾都没有? 答案毫无悬念,什么都没有。老公像处理公务一样打发了她。这,就是终结。

梁葵茫然走了出来,一时间,她觉得自己就像是一个被遗弃的女人。她没想到老公是这么的斩钉截铁,居然连一点点的犹像、一点点的不舍都没有。最起码,他应当对自己的骨肉表示出足够的怜惜与珍爱,这里头,理应还有某种男人的矜持,这是力量与功能的最好验证，她以为老公会欣喜若狂。

结果，老公只是淡然处之。

第一胎不是这样的。怀着儿子的九个多月里，老公把她当成皇太后一般供奉着，不让她下厨。不精厨艺的老公挽起袖子，用一只小小的电饭煲炖出各种口味的汤，堪称黑暗料理。有一道猪蹄红枣红糖汤，其配方老公至今时常在一些轻松的场合当成笑话来讲，听者必拊掌大乐，而她只需要作为亲历者谈谈下肚的感受，就会让大家笑得前仰后合。这简直就是老公的保留节目之一。

在旁人看来，梁葵过得很顺遂，她跟老公也就是一般意义上的神仙眷侣，唯有她自知，生活从来都是以一团乱麻般的可憎面目呈现。

老公无疑是出色的，既是他所在的专业领域中拔尖的专家，还是实权在握的领导干部。不错，嫁给一个卓尔不群的男人，婚姻便有了幸福的可能性。只是这幸福总有些复杂与斑驳的意味。梁葵已经活到了不谈风月的年纪，对于人生的真谛、灵魂的归宿一类文科生喜欢琢磨的形而上的话题，她早已不再夸夸其谈。当学生们提到一些语不惊人死不休的观点，她只是微微一笑。她能断定的是，生活迟早会抢起大棒，教给这些年轻的孩子们一个最最朴素而简单的道理，那就是，闭上尊嘴。

五年前,她以最基本的条件通过了副教授的评定,这就足够了,她没有打算往教授的职称冲刺。她在传媒学院纷繁活泼的课程中上着《现代汉语》一类死板的基础课程,几门课都是反复轮回的,讲义不怎么修订。对待工作她并非不走心,是一种熟极而流的随意,她认真地对待职业规则,但是很少主动去思考什么,她的知识库里新增加的都是养生知识与菜谱。她在课堂上有时也会聊一聊关于插花、丝绸的品种、艾灸等等古老的话题,歪打正着的,那帮学生喜欢她的生活情趣更甚于她传授的课本知识。

梁葵就是这样一个衣食无忧的、平平静静的女人,这份平静貌似寻常,其实,是要经历多少惊涛骇浪的历练,多少翻天覆地的自我折磨,方能修得。她不再关注自己的内心,也很容易让自己笑起来。表面看来,她是到了享受一切的岁数,无论是优渥的物质,还是圆满的家庭,甚至她的容颜和身材都那么凑趣地保持着一定程度的窈窕与美好。

女同事多半羡慕梁葵的状态。梁葵从来不辩解。别人觉得好,那就是好吧。哪怕内里已经千疮百孔。可是,谁家又真正拥有天长地久海枯石烂的爱情呢?

差不多有接近十年的时间,梁葵和老公每年的性爱用一只手都能数得过来。老公说,年纪大了。梁葵想,确实是年纪大了。老公怎么解释,她就怎么相信——至少看起来她是相信的。

儿子出生的时候,梁葵太年轻,除了疼痛,什么都不记得了。时日一长,那疼痛也竟至于慢慢消散。她只记得那个阵痛的夜晚,躺在单位附属医院简陋的产科病房里,垫褥是好几床厚实的棉被,她的后背像被一团火炙烤着,她很快就出汗了,然后被口渴弄得魂不守舍。

产房里没有饮用水,她支使手足无措的老公回宿舍烧开水。儿子降生的瞬间,产房的门开了,老公急匆匆地拎着一只暖瓶愣头愣脑地闯了进来。新生儿的啼哭和模样梁葵全忘了,倒是一辈子记得老公那张惊讶得合不上的嘴。

老公没想到这么快,除了暖瓶,他还带了一大堆方便面和好几本专业书籍,做好了起码守她三天三夜的准备。据说婆婆生老公的时候整整痛了五天五夜。

打她怀孕开始,婆婆就像创立了丰功伟绩的将士一般,渲染当年生孩子经历的天崩地裂似的痛苦。婆婆的宣讲会一旦开场,老公的表情永远是肃穆的,好像婆婆生下来的,不是他这肉体凡胎,而是一枚闪闪发亮的金蛋。类似的比方,梁葵对老公说过,还是在情浓意乱之后,靠在老公怀里,低低笑着说出来的。老公的反应则是,抽出被她枕着的胳膊,转过身去,半响,飘出一句:"睡吧。"

梁葵经常想着,老公和婆婆之间,宛若同一战线的情报人员,有一套自成体系的语言系统,旁人无法破解。所有的母子都是这样吗?不见得啊。梁葵和儿子便是反其道而行之。梁葵曾经发誓,绝不做婆婆那样的女人,她要建立起一道恰当的界限,她不会掺和儿子的感情生活,不会让儿子左右为难,儿子结婚的时刻,她将优雅得体地退出。

这些想法,她在老公耳边反复念叨,既是规划,更是与婆婆的映衬。老公对她话里潜藏的语意置若罔闻,对她的宏大设想更是嗤之以鼻。老公的回应是,呵呵。

最近这几年,对于自己抗拒的话题,老公通常都是这样不冷不热、阴晴不定地干笑两声。就像很少做爱一样,他们也很少吵架。梁葵惊恐地发现,原来争吵竟然是婚姻存续的重要证据。原来,爱情的穷途末路,就是不追问,不解释,是心照不宣,是自然消减,是一种冰冷的默契,是走着走着突然就失散在人群中,不会回头,不会寻找。


这是上课的时间段,道路很空很静,两旁的行道树是梧桐,树叶已经变成了很浅很淡的金色,要不了多久,它们就会枯萎发黄,直至飘落在风里。梁葵想着纷乱的心事,漫无头绪地穿过了大半个校园,她突然记起儿子出世时的脸,那种湿漉漉的感觉原本已经遗忘多年,这一刻,她猛地记起。这是不是意味着,她已经老了?

她老了,老公还年轻。男人的青春与年岁无关,而是与事业的成败紧密相连。这是多么可怕。至少,梁葵一直惧怕着。

老公跟她同岁,她还要年长几个月。从一开头,他们就没有姐弟恋的感觉,一直是他说了算。那会儿梁葵的父亲病重,都是老公跑上跑下,后来,他们的相处也就沿用了这种模式。

梁葵的父亲去世后半年,他们领了结婚证,在大学的筒子楼里建了一个简陋的家。那会儿梁葵还在市区以外一百多公里的一所中学教书,半个月与老公见一次,这样的见面,为无穷无尽的欢爱所占据。除此以外,老公全身心地搞科研、读学位。老公考上在职研究生以后,怀孕八个月的梁葵因为照顾关系,被调到了老公所在的高校。从这时起,他们没少吵架,有时是争执,有时是冷战,倒也没有根本的矛盾,多半是两性性别的差异导致的误解。男人是单线思维,女人则是多重模式。男人对待世界是发现问题而后解决问题,女人则是沟通问题与交流问题。老公明显是不懂女人的,这不懂,让梁葵安分和踏实,踏实之余,她又需要不断地用吵闹来证明老公的这种不懂。于是,周而复始。

不知什么时候,老公懂得她的心思了,会在她抱怨的时候及时安抚,会在短信里使用一些甜言蜜语,会在出差时给她捎些小礼物,这反而让梁葵慌张起来。她的慌张从此停留下来。

没有人知道,自信而冷静的院长夫人不过是一个潜伏在暗处的侦探,她观察着风吹草动蛛丝马迹,她草木皆兵,她枕戈待旦。她预演了无数次侵略者大兵压阵的情景,各种兵法按照统计学的方式排列优劣成败的概率,她用尽了可怜的数学知识和逻辑思维,最终得出的结论是,无为而治。既是策略,更是退缩。面对老公,她只有一个盟友,那就是儿子。糟糕的是,儿子愈大,与父亲愈疏远,疏远倒还好,父子俩简直就像是天生的政敌,永远政见不合,永远都是掐。掐到末尾,仿佛力气尽失,父子俩见了面,形同路人,说话通常需要她来转达。到了这份上,这盟友等于退出了战场,失去了战斗力。

老公跟儿子最近的一场正面交锋发生在一个多月以前,大战的焦点是儿子的就业问题。学编导的儿子急于证明自己赚钱的能力,匆忙进了剧组,跑腿打杂。老公的意思是让儿子考研考博,将来争取进高校,子承父业。父子俩吵得天翻地覆,到底老公没能说服儿子。

夜里,她和老公都失眠。老公上了两趟厕所,翻来覆去,索性拧开床头灯,让她去冲杯咖啡。她明白,这是想跟她谈谈心。他们已经很久很久没有秉烛夜谈。

　　咖啡冒着热气,他们一人捧着一杯。半晌,却无言以对。气氛有些尴尬。她绞尽脑汁,搜肠刮肚地找了些话题,都是儿子小时候的趣事。说着说着,她笑了,那是一个苍白淡远的笑容。她说:"你瞧瞧,一眨眼,儿子都当爹了。"

　　"别说了。"老公打断她,突然翻身上来,把她那个黑夜里的苦笑给压了下去。她惊了一下,手中的咖啡险些泼在床上。这一瞬间,她有很多话要说,譬如,还没有洗澡呢。譬如,还没有做措施呢。譬如,就这么开始吗? 没有前戏没有柔情蜜语? 但是,老公粗鲁的动作将她想说的话统统堵了回去。她感到了老公的渴望,这个男人已经好久好久没有如此迫切地需索。她放软了身子,放平了自己,让自己像一块温暖平整的旧床单一样,承受着老公近似痛苦一般的倾泻。

　　就在那一夜,她怀上了。

## 4

　　一家人里头,婆婆是最后知晓的。

　　梁葵从来就没有猜测过婆婆的意见。对于这件事,婆婆的想法根本不值一提。重要的是,这孩子,老公不要,儿子媳妇反对。由始至终,没人问问梁葵的愿望是什么,尽管孩子是在她的身体里,可是,她竟然成了不相干的外人,他们已经不约而同地替代她做出了决定。

因此，她告诉婆婆的时候，不带任何感情，没有任何期待，不过是讲述一桩事实，也是让婆婆知晓她午后觅食的缘故。如此而已。

"怀孕了？"婆婆确认了一下。婆婆的表情没有太大的变化，但是，静止片刻之后，婆婆拍了拍手，抬高了嗓门。婆婆说："怀孕了可不能吃速冻食品，我这就去买韭菜，饺子要自家包起来。"婆婆说着，从厨房里拿出了购物袋，不等她阻拦，径直出门去了。

梁葵傻在原地。这几天，没人把她当成孕妇。因为她已经四十六岁，因为她已经是一个小女婴的奶奶，无论是老公，还是儿子媳妇，他们都在积极妥善地为她寻找解决问题的途径，好像她带来的，不是一个喜讯，而是一个彻头彻尾的麻烦，以至于连梁葵都坚信这不是别的什么，就是一个棘手的麻烦，是充满了晦气和负能量的事件。

只有婆婆，这个年过七十的老太太，表现出了正常的、豁达的、对于生命的坦然与敬重。也只有婆婆，让梁葵鼓起勇气，面对自己真实的念头，那就是，她是多么想留下这个孩子。

这个念头一经生出，梁葵刹那间泪盈于睫。这几天，她惶恐不安，她在意着每个人的态度，唯独没有真正询问过内省过面对过自己的内里。幸而，婆婆让她正视了现状，她是一个二胎妈妈，她的肚子里有一个宝宝。她的身份就是一个母亲，除此以外，什么都不要紧。

婆婆离开以后，梁葵独自流了一会儿泪。她没有想到，这间简陋的屋子竟然是唯一一处可以让她释放难过与焦虑的地方。

其实，在梁葵和婆婆之间，从来就没有过温暖亲密的光阴，梁葵甚至痛恨过婆婆。她深信，在她和婆婆之间，渐次积累下来的，不只是悠长的时光，还有无穷无尽的怨恨。在梁葵看来，婆婆就是敌方阵营的将领，她们争夺的目标最初是老公，随着儿子出世，婆媳又转移了方向。梁葵就见过那么溺爱孙子的奶奶，婆婆有腰椎间盘突出，但是她可以整天匍匐在地上，给孙子当马骑，然后腰疼得整夜呻吟，天一亮，又满血复活在厨房，给孙子包好几种口味的饺子，端着碗追着孙子喂上一两个钟头。一旦梁葵或是老公对儿子采取体罚，老太太一定是一把鼻涕一把泪地护卫着，跟革命战士似的坚定，比天塌下来了还要悲壮。当然，这些都是梁葵在老公那里指控婆婆的最好证据，也是老公最终咬牙让婆婆单过的缘由。

儿子十岁那年，梁葵在同小区相中了一套一室一厅的小公寓，一楼，带一个小小的院落。她劝说老公买下来，婆婆搬了过去。

梁葵不知道婆婆心里是怎么想的,作为胜利者,她不屑于揣度。不过,婆婆搬走以后,她倒是在自家楼下遇见过几次老太太,孤零零地坐在小花园里,遥遥张望着梁葵家的窗户。梁葵没有告诉老公,她怕老公心一软,就把婆婆给接回来了。

搬走的理由,明面儿上是婆婆过于宠溺跟袒护孙子,不利于孩子的教育,另外一重理由,是梁葵要把自家的母亲接过来。梁葵的母亲中了风。

中风后的母亲在梁葵这里度过了生命末尾的三年。梁葵知道,母亲住进来,婆婆就得离开。儿子刚出世时,梁葵母亲过来照料月子,跟婆婆吵得翻天覆地。婆婆退休前是小镇医院的护士,仗着懂一些医学知识,在孙子的喂养方面指手画脚,梁葵的母亲是典型的农村妇女,嗓门大、胆子大,自恃养大了梁葵三姐妹,怎么粗糙怎么来。两亲家彼此都看不上眼,婆婆觉得梁葵的母亲土里吧唧,梁葵的母亲觉得婆婆作,一来二去,天天都是世界大战。梁葵和老公被动卷进来,被逼迫着站队表态,月子坐下来,梁葵险些崩溃。

后来,梁葵的母亲时不时过来小住,随行的不是梁葵的大姐,就是梁葵的二姐,梁葵有两个贫寒的姐姐。两个姐姐都不是强势的主儿,温婉良善,不想给城里的妹妹添麻烦,但是,生活总有出其不意的险境,总有急需钱的时候,总有需要上城里短暂羁留的时候,这时候,婆婆的脸一拉老长,阴阳怪气、冷言冷语,仿佛这家就是她儿子的,跟梁葵没啥关系,梁葵就没有权利往家领人。

梁葵不愿意生病的母亲受气,况且大姐的儿子考上了她和老公所在的大学,梁葵计划着让外甥住在家里,跟儿子睡上下铺,帮着姐姐省一笔住宿费。这样婆婆就显得太碍眼太多余了,必须搬走。

老公怎么跟婆婆谈的,梁葵一无所知,老公也只字未提。婆婆搬走后,老公尽心尽力地帮着梁葵照料岳母,周遭的人都夸赞梁葵和老公孝顺,特别是老公,重体力活儿老公都包了,扛着岳母的轮椅上上下下,标准的中国好女婿。有一年,梁葵和老公还被学校的工会推选为模范家庭,他们一家三口的照片张贴在学校的宣传栏里,梁葵的笑容灿烂无比。

好多年过去了,每每经过放置宣传栏的路口,梁葵必定会放缓脚步,虽然宣传栏早已不复存在,那个路口已经被改造成了一处安全岛,但是,她仿佛能够看见那张全家福,老公揽着她和儿子的肩膀,他们的生活好像一朵盛开的、巨大明亮的向日葵。只有梁葵明白,那朵向日葵原本就是假象,经过了这么些年的鸡飞狗跳,她和老公之间已经有些什么是不一样的了,照片里老公貌似坚强有力的胳膊，不过是松垮垮地搭在她的肩上。

　　婆婆搬离了这套房子，不过梁葵慢慢发现，婆婆对老公的影响力从未减弱。所有重要的时刻，婆婆都毫无疑义地站在老公身旁。

　　儿子十一岁那年，梁葵有过一次乌龙的怀孕事件。一向比天气预报还要准确的月经过期了大半个月，一家子都笃信她是怀孕了，而不是事后查出来的内分泌紊乱。

　　梁葵的母亲在病榻上吃力地劝她把胎儿留下来，说这是老天爷赐予的礼物，不要的话，诸神都要生气的。梁葵倒是不信那套神神叨叨的玩意儿，她面前却是不偏不倚地有一个去美国进修一年的机会。

　　不能要的，出国也不能要的……婆婆像念经一样叨叨着。那时儿子正是小升初的关键阶段，即使能够光明正大地生下来，梁葵也断然没精力照顾周全。她不打算要，更没打算要出国。但是，这话由婆婆说出来，效果就是两样了。

　　于是，梁葵故意当着婆婆的面，跟老公研究着超生偷生去国外生的法子。老公一直打心眼里想要一件小棉袄。隔壁同事家里娇滴滴的小姑娘，老公馋得跟什么似的。

　　"听妈一句劝，千万千万别冒险，给人揭发了，饭碗是保不住的,领导的位置也说没就没了。"婆婆急得跳脚。那会儿老公还只是区区的教研室主任,婆婆却当一品大员看待。

梁葵在老公面前罗列着各种科学道理,论证此番生闺女的可能性。老公迟疑万分。见梁葵偏要拧着,婆婆背地里不留情面地冲着梁葵发火,连脏话都出来了。

"你这个婆娘,真是蠢到家了,天生的败家相,人家扶持男人都来不及,你偏偏要把他给拽下来。"婆婆跑到梁葵母亲的房间里,当着病人,数落梁葵。

梁葵不是软柿子,当着自家母亲的面,就更要强悍,她回骂了婆婆,还顺手摔了一只杯子。那场大吵的结果就是,老公黑着脸拉走了婆婆,梁葵的母亲气得差点再次中风,而老公着实有小半年没有碰过梁葵的身子。


梁葵与婆婆的纠纷,老公的处理方式近乎冷暴力。表面上,他不偏袒婆婆,甚或会帮着梁葵怼婆婆几句,老公出言,婆婆定然立马收声,嘀嘀咕咕地走到一边儿去。

最初梁葵挺得意,以为老公跟自己当真身心合一,灵与肉都是水乳交融的。她能想到的,就是在床上答谢老公。然后,她很快就发现这完全是一厢情愿。老公拒收谢礼,不只拒收,老公还会对她采取断然的惩罚措施,那就是一根指头都不碰她,即使她柔情万斛地贴上去，老公也会像木头一般，紧绷着身子，紧蹙着眉头，纠缠不过，索性跳下床，来一句，我得加班儿。

梁葵不恨老公，她恨的是婆婆。婆婆不是小三，但婆婆比小三更加可恶，不仅占据了道德与法律的制高点，而且她能够以血缘和恩义的方式，霸占老公一辈子。这些都是梁葵难以企及的。梁葵感到自己所拥有的，不过是身体。在理直气壮而又不计回报的婆婆跟前，这身体无论多么美，都显现出一种怯生生的微渺和卑下，像古代鬼故事里那些见不得光的黑影，试探着，朝着亮处踱两步，一双绣花鞋无声无息地停在木头楼梯上，终于还是消失了。

就连生孩子，婆婆都是绝对的赢家。她痛了那么久，而梁葵从破水到分娩，统共六个钟头而已。这跟婆婆受过的罪相比，打了一个大大的折扣。这个折扣，让梁葵的功勋，生生地减了半。月子里，婆婆抱着孙子，逢到来访的客人问起生产的情形，婆婆总是摇着孙子藕节似的小胳膊，笑笑地说："咱们乖，没让妈妈吃苦头。"再无下文。整个孕期，梁葵坚持慢跑，婆婆只字不提。好像功劳都是小婴儿的，与梁葵无关。

梁葵恨了婆婆二十几年，媳妇怀孕以后，她没有像婆婆当年那样，用自己的顺产经历给媳妇励志，更没有因为自力更生生了个娃就骄傲得像个女皇。但是，媳妇仍旧心怀不满。有时候，梁葵怀疑婆婆躲在暗处看自己的笑话，看吧看吧，无论怎么整改，婆婆终归是婆婆，这两个字眼就跟相亲相爱啊和谐共处啊什么的挂不上边儿。无论怎么做，都逃不脱宿命的安排。

　　婆婆买回来的韭菜只有细细小小的一把，还有一小块瘦肉。梁葵起身帮着和面粉，淡淡地说："妈，怎么不多买点儿？大家都吃顿饺子。"

　　"我可顾不上别人，你得吃好，头三个月欠缺了营养，往后怎么补都补不上来。"婆婆语气笃定，精神矍铄地系上围裙，从梁葵手里接过面团，像领取了战斗任务的大将军一样威风凛凛地捣鼓起来。梁葵扎煞着手，不知所措。

　　"饭菜要新鲜，做一顿吃一顿，掐着分量做，肚子里的小家伙金贵，不喜欢剩菜剩饭的。"婆婆揉着面，啰里啰嗦地说着。

　　梁葵试探地说："妈，你真觉得应该生下来？"婆婆瞪了她一眼，仿佛她的话是多么的不可理喻。婆婆说："不生下来你想怎么着？以往不能生，那是没有政策，违反规定生孩子，那是要开除公职的。现在允许生老二了，没有怀上倒罢了，你这岁数，能怀上就不错了，可不得时时处处小心着点儿？"梁葵追着又说了一句："他爸，好像不太想要。"婆婆这回头也不抬地回答她："要不要孩子，男人说了不算。"

　　梁葵坐下来,给自己倒了一杯白开水,一边喝水一边打量着婆婆的侧影。婆婆卖力地和面,婆婆做面食是很有心得的。但是,梁葵不太相信婆婆的善意。

　　婆婆从来都是坚定不移地站在老公那边,哪怕是原则性的问题。老公不是拈花惹草的男人,不过,二十几年的婚姻,难免有一些艰难的时刻,一些被暧昧的、咸湿的情节所充斥的时刻。那样的时刻,婆婆所做的,永远是遮掩,替老公遮掩。不管梁葵看到了什么、听到了什么、说出了什么,婆婆的回应只有一句话,那就是,"我的儿子,我了解,你可别冤枉了他"。

　　听听,怎么着,都是梁葵的不是。有一回,梁葵忍不住问婆婆:"那要是捉奸在床了呢?"婆婆正色道:"凡事得留退路,聪明的女人,睁一只眼闭一只眼,不会把男人逼向绝境。"

　　梁葵对婆婆死了心,她明白,婆婆不会是她的外援,要是搁在封建时代,老公三妻四妾,婆婆是一个都不少,个个都认作儿媳妇的。就冲这是非不分、黑白不明的态度,梁葵恨死了婆婆。

　　这一次,关涉二胎的去留,婆婆叛变了老公,梁葵感到不可思议。

## 5

　　梁葵想要这个孩子。当人生由光亮的白昼转向黯淡的傍晚，一切都会显出浅淡的哀伤。这孩子就像是一道从天而降的光芒，让所有的事物重新亮堂起来，让熄灭的灰烬重新燃烧起来。

儿子结婚以后，梁葵感到前所未有的失落，除了一步一步踏上归去的道路，她不知道还能做些什么。一时间，广场舞、敬老院一类的词汇扑进她的视野，剩下的光阴，似乎就快要张牙舞爪、肆无忌惮地展现出生命最为衰朽最为苍凉的一面。

然而，这孩子神奇地蓦然出现。原有的序列与节奏被打乱，通往更年期乃至老年期的单行道猛地延伸出一条岔路，好像世上有了后悔药，开弓有了回头箭，生活有了新的可能性。

梁葵加了几个孕妈 QQ 群，在群里，她很少发言，但是每条留言她都会去读。眼前的叶酸、胎动、双顶径，稍后的哺乳、尿不湿、减肥，还有更为长远的早教、找幼儿园、买学区房等等，太热闹了，充满了烟火气息。从前一度让梁葵厌恶得想要摆脱的这些繁杂的事务，如今却让她无限憧憬无比向往，她有一种逃脱桎梏重获自由的感觉。因为，她终于从单调清冷的养老思维中解放了出来，她重新变得年轻，即将从头开始哺育一个小小嫩嫩的小家伙，看着小东西一点一点地长大起来。

这件事，不只阻止了衰老的进程，说不定还能拯救濒临绝境的婚姻。怀孕之前，梁葵不止一次想过离婚的可能性。最近这一年多,老公由心底散发出来的冷淡,让她像是置身于冰天雪地的北极。

去年,老公竞争副校长落败,一颗仕途通达的野心从此消殒。随之而淡出的,还有老公谨小慎微的私人作风。竞争最为激烈的那一阵子,老公格外谨慎,对略有姿色的女同事女学生正眼都不会瞧一下,每天晚饭后与她肩并肩漫步在小区中。他们住的是学校与开发商联合修建的商品房,邻居大多是同事。梁葵有时会主动挽住老公的胳膊,亲昵地跟老公聊聊东家长西家短,老公温和地微笑着,间或回应几句。梁葵想的是,不管老公是对党忠诚,还是对她忠诚,反正恩爱就好,哪怕是以假乱真的恩爱。

可惜老公失败了。上升的通道没了,也就不必扮演柳下惠了。老公有了些微妙的变化,像是封印解除,虽然尚未行动,但威胁已经形成——也许,重兵已然压阵,风声鹤唳中,一场严酷的战争就要打响。

梁葵不寒而栗。老公的应酬多了起来,出差也多了起来,迟归更是家常便饭,总之,他突然就比任何时候都更加忙碌。梁葵再怎么装聋作哑,也知道不对劲,老公不傻,不会与党的十八大的严格规定背道而驰。那么,一定不是公务。不是公务又是什么鬼?她观察到一个奇异的现象,隔上十天半个月,老公会在午后洗一次澡,换上干净的衣衫,然后,那个夜晚,必然晚归。这中间的规律是什么,梁葵不想知道。她没有偷看老公的手机,也没有使用定位。她情愿不知不觉。她情愿自欺欺人。

现在好了,她可以堂而皇之地把大部分的注意力放在肚子里的宝宝身上,余下的放在儿子媳妇和孙女那里,那个男人幽暗的内心与诡秘的行为,再也无法伤害到她。

婆婆主动请缨,跟老公谈了一次孩子的去留问题。梁葵也在场,老公先是反对,但他几乎每说出一个理由,都会被婆婆断然截住。

"年纪大了,孩子生出来,质量怕是不太好。"

"瞎说!从前四五十岁生孩子的多了去了,谁家不是老小最机灵?"

"这会儿养孩子不比过去,哪儿哪儿都得花钱,再过十来年,我就退休了,何必给自己找不痛快?"

"养孩子任何时候都不容易!你要是嫌麻烦,我给你带,我活着一天,我替你照看一天!"

"儿子都当爹了,我凑什么热闹啊,我这脸,我往哪儿搁?"

"什么脸不脸的,死要面子活受罪!"

"妈!"

"甭叫我妈,自个儿的骨肉都不知道心疼,傻不傻啊,你! 都怪我这妈没教好你!"

"成成成,您说留就留下吧!"

"这就对了,早说呀,害我这心悬了大半天!"

母子俩一番理论,使的都是花拳绣腿,一个像撒娇,一个像哄娃,他们的沟通方式就是这般风格,有些事,又会掉过头来,老公说服婆婆。此刻,梁葵顾不得其他,婆婆能够出面做主,等于给了孩子一条活路,这就足够了。

背过身去,老公阴阴地瞅梁葵一眼,似笑非笑地说:"厉害!没想到你把妈给搬出来了。"梁葵故作委屈状,说:"我是不想要的,妈非得拦着我,要不还是做掉吧?"老公挥挥手:"罢了罢了,一个孩子而已,没到养不起的地步!"梁葵娇嗔道:"还不是都怪你,谁让你任性?!"说着低下头去,就手收拾收拾桌子。老公呆了呆,醒过神来,明白她指的是那个没有做措施的夜晚。老公不由得心软下来,朝外走的时候,经过她身旁,迟疑了一下,举起手来,轻轻拍了拍她的臀部。

这个动作,老公已经很久没有做过了,那还是他们床笫间琴瑟和鸣的时期,她稍稍用语言撩一撩,老公就会受不住,受不住了,假如不是可以扑倒她的场所和时机,是在大庭广众之下,是在别人的目光里,那还是得做点儿什么,必须发泄一下,否则,会憋屈得难受。往往就是这样，目不斜视地从她背后走过去，悄悄地在她的臀部拍一下，连掌心里都透着温柔。因此，在他们之间，这是一个具有象征意味的动作，与情欲紧密相关。

果然，当晚老公就钻进她的被子里，宽大的手掌一遍一遍抚摩着她的小腹。梁葵感受着老公的体温，想象着老公的手游走在某个年轻的、温润如玉的躯体上，像弹奏着一支旋律旖旎的曲子。她猜测过许多次，老公为何会沐浴后离开，难道就不能见面以后，在酒店的卫生间里从容地清洗，说不定还可以鸳鸯浴？答案显而易见，两个人一定是刚一见面，就紧紧抱在一起，一刻都不想耽搁，直奔主题。对于老公这样的年纪和阅历，这得需要多大的激情！梁葵忍住不去想那个女人，仿佛她不想，那个人就不存在。年轻的时候，眼睛里容不下半粒沙子，这样的事就算是天塌地陷了，非得弄个你死我活。如今，懂得了做人的分寸与技巧，这究竟是幸运还是悲哀？

梁葵使劲闭上了双眼，老公的手指停留在她的腹部，老公的气息就在她的耳边。她克制着自己，避免自己脱口问出，你把我当成谁了？

老公喃喃地念叨着，一定是个丫头……梁葵睁大眼睛，在黑暗中忍耐着，她感觉自己的腹部在老公的摩挲中失去了生命力，变成了一只僵硬的器皿，里头放置着一具细手细脚的女孩标本。

这意象令她崩溃。

"小囡,你知不知道,你马上就快有小叔叔啦,好高兴的,对不对呀?"月嫂抱着睡醒后的小囡,站在客厅的落地窗前,轻声慢语地说着。

随着这儿歌一般清脆和悦的话语,一屋的人都顿了顿,仿佛是在拥挤的公交车上,有人放了个臭屁,大家都皱着鼻子躲藏,却无处藏身。

梁葵没有去看亲家母与媳妇的表情,她若无其事地继续帮着婆婆缠毛线。婆婆正编织一件小线衣,是给小囡的。婆婆的女红功夫是很厉害的。这阵子,婆婆白天会过来,给梁葵搭把手。亲家母也赶来了,从山里来的妇人,在家是用大灶与柴火,对城里厨房里的设施陌生得很,插不上手,全部的工作就是清洗媳妇和小囡换下来的衣物。小囡个头小,吃奶费劲,月嫂全天候地照看她。纵然怀二胎的消息全家尽知,梁葵依然得承担起做饭的任务。

"小人儿家家的,别对着光线,伤眼睛的。"婆婆头也不抬地说着。好像专等着婆婆这一句,月嫂立马抢白道:"您老落伍啦,小婴儿就得晒太阳,还该脱光了晒屁股,补钙的。"月嫂的尾音拖长了调子,她脸上带着笑容,那笑容像是冷冻过的,就连眼珠子都泛着冰雪似的反光。

这月嫂,梁葵不太喜欢与她对视,她眼睛里的冷,带着某种刀光剑影。月嫂不是该有一双暖暖的眼眸吗?这月嫂眨动着灰冷的眼,跟小囡说着童言童语,为小囡做着抚触,似乎很疼爱小囡的样子,媳妇是满意的,常常说:"瞧瞧人家,多专业。"梁葵便不说什么。

婆婆也不太中意这月嫂,却是从价值判断上头得出的结论。婆婆背地里说:"抱抱小囡,一个月就是一万二,天下有比这更大的馅饼吗?"

婆婆讨厌月嫂。婆婆不像梁葵,婆婆的喜怒就在脸上。当下婆婆就回应过去,婆婆说:"脱光了不得受凉? 这么小的娃,受凉了谁负责?"月嫂冷笑道:"老太太,思想可不能太僵化,不过您说什么就是什么,不晒就不晒。"

看起来,月嫂是退让了一步。但是,晚餐过后,媳妇到梁葵房中来。媳妇戴着帽子,穿着厚实的睡衣睡裤,一双毛茸茸的雪地靴,造型像儿童乐园里可爱的玩具熊。这只玩具熊满脸的慌张,急赤白脸地对梁葵说:"妈,人家说不干了,叫咱们联系月嫂公司换人。"

这倒不是第一次了,月嫂隔三岔五就会提出一次,每次都是对媳妇说,每次也都让媳妇慌乱不已。梁葵看着媳妇,心想这孩子毕竟还是嫩了点儿。梁葵不惊不诧地说:"我这就给公司打电话。"媳妇急了,媳妇说:"小囡挺适应她的,换个人多折腾哪。"梁葵淡然道:"那我找她谈谈。"

梁葵心中有数,叫来月嫂,笃定地问缘由,月嫂便说家中有事。梁葵撇过其他不提,只说婆婆话多,跟唐僧似的,让月嫂多包涵。月嫂说:"老年人,我不计较的——干我们这一行的,最怕遇见啰里啰嗦的老太太,宁愿不赚这钱。"梁葵也不评论婆婆,见月嫂穿的睡衣有些旧了,打开购物网站,让月嫂选一套新睡衣,月嫂连连摆手。梁葵说:"你天天抱着小囡,衣料柔软一些好。"这样说了,月嫂方才接受。梁葵大大方方买了两套给她,一套丝质,一套绒面。

虽然月嫂留了下来,功劳倒不是梁葵的,月嫂逗弄着小囡,轻声说着:"小囡最乖了,阿姨其实是舍不得你。"梁葵知道,婆婆得罪了月嫂,这账是要算在梁葵头上的。这月嫂年纪与梁葵相仿,伶俐得很,跟宫斗戏里的嬷嬷似的,擅长左右逢源、四处挑拨,结果就是,来了不多久,工资以外的红包拿了几个,礼物也得了不少。月嫂倒是得了便宜还卖乖,时常吹嘘自家修建的高屋大厦,比城里的独栋别墅气派多了,家里谷仓堆满了新米,每餐肥鸡大鸭子,吃不完就喂猪。饮食环保,空气没有污染,跟欧美发达国家不差什么。她那样炫耀着,大家就低头不作声,只有婆婆刺她一句："你这人在外头打工,怕是得天天想家吧。"月嫂挑挑眉头,矜持地说:"我这人就是闲不住,钱不钱的无所谓,找点儿事做做,打发一下时间。"

月嫂的薪水由梁葵支付,儿子初出茅庐,压根支付不起这么大的一笔费用。月嫂很精,试着在梁葵跟前不咸不淡地说了几次关于媳妇的闲话,见梁葵不接招,便知道梁葵不是糊涂人,不敢在梁葵这里造次了。转而跟媳妇交好,好几回挑起风浪,都被梁葵轻轻化解掉。梁葵隐晦地暗示过月嫂几次,那月嫂反倒露出一副被冤屈的表情,一副凛然不可侵犯的模样,就差剖白自己是一朵真正的白莲花。

亲家母一到,月嫂以迅雷不及掩耳之势跟亲家母成了闺蜜。媳妇家里,做主的是亲家,难对付的也是亲家,梁葵就没见过那么精明啰嗦的大老爷们,嗓门大、脾气大、胆子大。相形之下,亲家母是个没见过世面的乡下女人,见人就笑,一笑就脸红,露出白白的牙床,也不太说话。当然,这只是梁葵最初的印象。

在月嫂跟前,亲家母的话密了起来,两人勾肩搭背、窃窃私语,不断地发出叽叽的笑声。有时她们还会相互剪刘海,坐在窗前,对着一面小镜子,用一把小剪子慢慢修理,一边修理,一边聊天,亲昵得像是真正的姐妹。荒诞的是,梁葵一打她们跟前经过,她俩立即收声,亲家母还会手足无措地想要站起来,给月嫂拉一拉衣襟方罢。梁葵不能不怀疑她们是在议论自己,也许是自己的二胎?

没两日,月嫂和亲家母倒是主动跟梁葵讨论起二胎的话题。那天下午梁葵腰酸,躺在沙发上歇一歇,月嫂安慰她,生了就好了,只要月子坐得好,啥毛病都会消失的。又说起自己照料过的新生儿,其中两三名产妇过了四十,虽然比梁葵小那么两三岁,也是货真价实的高龄产妇了,还有一个是头胎,医生都担着心,结果生完,比同病房二十几岁的姑娘恢复得还要快,都是剖腹产,邻床的年轻妈妈还插着尿管,这高龄妈妈已经下了床,满地溜达了。

"所以,年纪不打紧,体质才是关键。"月嫂得出一个暖心的结论。梁葵忍不住看了看月嫂,她的眼神依旧是冷冷的,正在纳闷间,亲家母开了口,亲家母用土得掉渣的方言幽幽地说:"啥都不怕,就怕生到有病的孩儿。"

"那我倒是没有遇见过。"月嫂笑道。

"你见得少了,"亲家母回道,"缺胳膊的你见过?豁嘴儿你见过?"

"还真没见过。"月嫂挥着手,语气里透着一股轻快劲儿。

"作孽哟,"亲家母摇着脑袋,"岁数大了,非要生,生下来,看呗,丢人现眼了……"

梁葵明白了,这两人是在演双簧。月嫂是称职的配角,身为主演的亲家母演技拙劣,几乎是本色出演,那背后晃动着的身影却清晰可见,不是别人,是缺席的亲家公。

虽亲家公不在此地,却能感受到他身在曹营心在汉的急切。从亲家母进门开始,手头那部老年手机就响个不停,全是亲家公打过来的,用电话遥控。那手机设计贴心,扩音器照顾着耳背眼花的这一族,一屋子的人都能听见亲家公的大嗓门。亲家公事无巨细地盘问,重点是问梁葵身腰笨重了没有,还能做饭没有。当然,最关键最核心的,是那些事儿说清楚了没有。哪些事儿?大家都心知肚明,不过就是梁葵和老公积累下来的一点家当,说多不多,说少不少。

在家里,老公负责赚钱,科研经费、课时费之类的,一点一点地积攒下来,理财的是梁葵。理财的手法比较单一,那就是买房。在这座二线城市买了好几套房子。资产随着房价而波动。这是寻常的家庭生态。几乎每家都有一个热衷买房的主妇。除了特地给儿子买的婚房,其余的房产证上自然是梁葵和老公的名字。现在,亲家盯上了那些房产证的姓名归属。

## 6

决定生下二胎，梁葵和老公跟儿子谈了一次。媳妇不在场。老公主讲，先从国家的大政方针说起，被儿子截断。儿子闷闷地说："爸，您说重点。"老公三言两语表示会留下二胎。儿子没吱声。老公问："你没什么想说的？"儿子说："没有。"

从那天起，梁葵发现，儿子不说话了。准确地说，儿子是不跟梁葵和老公说话了。以往，儿子话不多，但有问有答，间或也会聊一聊在剧组见到的新闻。这一阵子，儿子真是一言不发。梁葵问什么，儿子都以表情回复，那表情也就简单的几样，皱眉头、撇嘴，或者根本就面无表情。

梁葵跟老公说起儿子，老公只是沉默。梁葵多说几句，譬如儿子会不会为此而伤心，老公听得不耐烦，转过身去，一言不发。

父子俩都不理睬梁葵，她渐渐觉得心头堵闷，发展下去，闻到油烟味儿都会吐。不知道是窝火，还是早孕反应。她憋着恶心劲儿，憋来憋去，眼泪鼻涕横流，像犯了毒瘾似的。

"这段时间反应最重，你就别进厨房了。"婆婆要撵她，梁葵不肯，待在厨房反而清爽。

犯恶心的时候，梁葵就到生活阳台透透气，做好饭，她便随着婆婆一起到一楼的屋里歇着。她跟婆婆独处的时间空前地多了起来。

　　婆婆翻出多年不用的陶罐，在自己那间小屋的厨房里给梁葵炖上各种汤汤水水。梁葵打个盹醒来，眼前一定摆着一碗冒着热气的汤，婆婆则气定神闲地织着小毛衣小袜子。

　　"小囡穿不了那么多的，小孩子眨眼就大了。"梁葵说。

　　"小囡一份，你肚里的小闺女一份。"婆婆闲闲地道。

　　"怎么知道是闺女？兴许又是个小子。"梁葵小口喝着汤，南瓜绿豆汤，绿豆煮开了花，南瓜甜烂，很合胃口。梁葵忍不住添了第二碗。

　　这是下午了，婆婆照例什么都不吃，连茶都不喝，一杯清水润口而已。见梁葵喜欢，婆婆道："听说怀女儿口味会偏甜。"梁葵说："那没有科学依据。"婆婆说："初期反应重，也可能是女娃娃。"梁葵笑了，这都是大家信口胡诌的。婆婆看她一眼，认真道："你对比一下两次的反应，不同的话，性别也会不一样的。"

　　梁葵寻思了一回，实在想不起怀儿子的时候有什么特别的改变，那时她照常健步如飞，大气得很。不过，她想不通婆婆怎么会盼着这是个女孩子。月嫂跟亲家母在她跟前一递一声闲聊时，月嫂说："老太太肯定高兴坏了，老人家都想多抱一个孙子，家里的男丁越多越好。"梁葵深以为然。

　　"养小姑娘好多着呢，我这绣花的功夫好多年没用上了，得练练,小丫头都喜欢花花朵朵的。"婆婆自语道。梁葵微微一笑,她怀疑妹妹是个女汉子——其实她暗中已经给腹中的胎儿取了个小名,妹妹。虽然这时候根本看不出性别。妹妹是个贴心的孩子,也是个顽强的孩子。

可惜,哥哥不欢迎妹妹。梁葵有些惆怅,她想:妹妹是来得晚了点儿,早十年就好了。那时偶尔跟儿子开开玩笑,儿子还会积极地鼓励她生个小妹妹。娇滴滴的小丫头,在高高大大的哥哥脚边跑来跑去,那是多么幸福的画面。

梁葵的睡眠一向不太好,怀孕以后,更是经常失眠,好不容易睡着了,却是乱梦三千。她常常梦见儿子,全是噩梦。有时儿子受伤了,浑身是血。有时儿子落水,湿淋淋地在水中挣扎。梁葵多半是心脏狂跳着惊醒过来,即使是深更半夜,也会忍不住蹑手蹑脚地走到书房门口瞧一眼。

媳妇生产后,跟月嫂和小囡住在一个房间,儿子就睡书房。梁葵轻轻扭开门把手,黑暗中,儿子曲着身子侧卧在单人床上,响着均匀轻微的鼾声。梁葵放下心来。恍惚间,又回到了儿子结婚以前,那时梁葵每每半夜起身,去给儿子盖被子。儿子睡觉不老实,被子总是会被踢开。从儿子五岁分房开始,梁葵就会每夜两三次去照看他。儿子大学念的是梁葵和老公工作的学校,就在家里住着,这习惯就一直延续下来了。直到儿子婚后,梁葵还犯过几次糊涂,夜里起了风,她懵懵懂懂地朝主卧室走,要给儿子添被子,手放在门柄上了,惊然想起里头还有媳妇。

儿子的态度困扰着梁葵。婆婆看出来了,婆婆说:"我跟他说说去。"儿子对婆婆是很恭谨的,自小婆婆把儿子捧在掌心里,即使是分开居住以后,婆婆也时常偷偷往儿子手里塞零花钱,为了这事,梁葵没少生气。儿子青春期那阵子,逮谁都不顺眼,跟梁葵和老公闹僵了,就跑到婆婆的小屋里住几天。儿子跟婆婆从来不会使脸色。

"孩子是好意,"婆婆跟儿子谈过以后,给梁葵带来一个让她欣慰的消息,"他不愿意你们生二胎,主要是考虑你的身子,他担心你的安危。"

"他当真是这么说的?"梁葵难以置信。

"就是这个意思,"婆婆说,"所以啊,孩子是好孩子,你千万别跟孩子计较,自个儿身上掉下来的肉,疼都来不及的。"

婆婆的话,梁葵不问真假虚实,她愿意信任婆婆,其实是,她愿意信任儿子。那是她的孩子,长大了,结婚了,有了自己的家,依然是她最亲爱的人。

"妈,你闻闻,桂花都开了。"梁葵深吸一口气。

婆婆望着她,笑了笑,说:"这都快到中秋节了,桂花还不开?

都开过一茬儿了。"

梁葵不好意思，她竟然没有留意季候的转换。她靠进婆婆的躺椅，小院外就是好几株桂花树，有些年头了，开着细碎芬芳的花朵。她嗅闻着浓香，感到一阵前所未有的神清气爽。她发现困扰了自己好些天的恶心不见了。

儿子的态度果然有所缓和，起码在梁葵早餐端上面包片，问他是要蓝莓酱还是番茄酱的时候，他会精简至极地回答几个字，而不是充耳未闻。

但很快，梁葵就知道了，婆婆跟儿子的谈话，是有代价的，代价就是婆婆的那套小屋。当初买房时，婆婆坚持要出资，那会儿房价不高，婆婆出了大部分，房产证就是婆婆的名字。婆婆允诺，将房产证过户到儿子名下。这话，婆婆在梁葵跟前只字未提，梁葵倒是听墙根儿听来的——形式上是偷听，其实梁葵明白，月嫂和亲家母故意要说给她听，两人在卫生间里给小囡洗澡，眼角的余光瞥见她，立即一递一声地说起来。

"还是你太奶奶大方，房子都给你爸爸了。"月嫂抱着小囡，笑嘻嘻地说着。

"那么小的房子，有啥大方不大方的。"亲家母接口。

"那也比没有的强，俗话说，皇帝爱长子，百姓爱幺儿，等小的一出来,世界就变啦……"

梁葵听不下去了,这月嫂简直就是一事儿妈,搅事的功夫一流,她却不敢得罪这祖宗,毕竟人家手握重兵,小囡在她手里呢,怎么着都得忍着,忍无可忍,继续再忍。

耐不住性子的反倒是亲家公,见这边战况不佳,于是披甲上阵、亲临战场,事先也没有知会,大约是给予敌人措手不及迎头痛击的意思。梁葵下课回家,玄关处摆了两个大箩筐,一个装着乱七八糟、棉花横飞的被褥,另一个装着两只活鸡,鸡被捆住了脚,扑腾不已。梁葵立马头疼起来,毫无疑问,这是亲家公的做派。亲家公这是第二次莅临,他有个与众不同的习惯,到哪里都带着一堆脏得要命的垫褥跟被子,别处的床品再高级再干净,人家偏就瞧不上。

梁葵硬着头皮进了屋,果然,亲家公就蹲在沙发上——没错,这老大爷不会坐,双脚踏在沙发上,像头坐山雕。鞋也没换,梁葵都能想象沙发上的大黑脚印。

"梁老师,您回来啦。"亲家公从沙发上跳下来,跟梁葵打招呼。亲家公的称呼也奇怪,他不称亲家母,而是叫梁老师。梁葵权且算作是尊称。

"亲家,您请坐。"梁葵赶紧客气着。亲家公重新跳上沙发,立即新添两个大黑脚印。亲家公嘴里叼着须臾不离的旱烟袋,这老古董也不知道是从哪儿弄来的,烟袋油乎乎黑漆漆的。

梁葵寒暄几句,避进厨房,看了看婆婆准备的菜肴,又打电话叫了几样外卖,算是添了菜。婆婆将一碗甜汤递到她手中,提醒道:"无事不登三宝殿,先听听他们怎么说。"梁葵点点头,连婆婆都看出来了,这亲家公不是省油的灯。

偏偏老公那两天特别忙,晚上回家基本都在十点以后。亲家公在客厅看着电视,看一会儿就开始打呼噜,跟老公连话都没说上。白天亲家公也不跟梁葵聊天,他信奉的是男人当家做主的道理,压根儿不把梁葵放在眼中,就在家里干耗着,睡书房,用自己的行李打地铺,儿子则在客厅睡沙发。

终于,老公得空回来吃晚饭。饭后,亲家公剔着牙,抽着旱烟,目光横扫一番,先清场,让妇孺们回避,留下老公和儿子。

"三个大老爷们,谈谈正事要紧。"亲家公煞有介事地说。

梁葵转头进了厨房,婆婆正在厨房里洗碗。其实,被驱逐的女人们都在现场,媳妇、亲家母和月嫂全都在门边倾听着。

亲家公踱着方步,脚步有点打哆嗦,又使劲儿吸了几口烟。老公皱了皱眉头,掏出纸烟,也抽了起来。一时间,客厅里烟雾缭绕,充满仙气。

"亲家,有啥话尽管直说。"一支烟快抽完了,亲家公还在散步,老公等不及,开口催促。

"中!"亲家公响亮地一拍大腿,"咱们乡下,明人不说暗语,我说亲家,我就直说了,你那二孩儿生出来以前,是不是把家里的财产给过一过?"

梁葵从厨房看出去,老公侧脸的肌肉痉挛得厉害,这是勃然大怒的前奏。

"什么财产?什么过一过?"看得出来,老公拼命按捺着,"亲家,你想多了,我家就没多余的财产,够吃够住而已。"

"亲家,这就是你不耿直了,"亲家公冷笑,"谁不知道,城里随随便便一套房子,能买下咱一个村儿都不止!"

老公手指哆嗦,颤抖着再度掏出一支烟,点燃,也没有吸。梁葵忙忙地拣出几只苹果,婆婆先是不解,会过意来,帮着她削了一盘水果。梁葵正要端出水果,打个岔,缓和缓和气氛,却见老公猛地望向一旁不作声的儿子。

"我问你,是你的主意,还是他们的主意?"老公疾言厉色地质问儿子。

儿子把头扭向一边,既不接话,也不接老公的目光。老公蓦然冲过去,重重甩了儿子两耳光。"混账!"老公沙哑地咆哮着。儿子惊愕地捂着脸,忽然,抓起手边的花瓶,朝地下使劲一掼,瓷片碎裂的声音震得梁葵耳朵发疼。

这一切发生得太快了,梁葵来不及反应,来不及劝阻,那一瞬间,她绝望地想,完了,全完了。

## 7

　　小囡满月以后,家里变得安静下来,除了小囡的啼哭,几乎没有别的声音。亲家公在老公与儿子翻脸后的翌日便回了老家,并且把亲家母也带走了,临走还朝着空气撂下一句:"不就俩臭钱儿吗? 稀罕个啥!"不只如此,亲家公还差点儿把媳妇和小囡也领走,媳妇哭得一塌糊涂,儿子更是不干,死拉着媳妇不放手。

　　"咋的? 咱闺女又不是卖给你的,连人身自由都没有了是不是? 就你家的孩子是辛苦养大的,咱家闺女是吹气球那样得来的? 你家不待见,我可是要带回去的!"亲家公疾言厉色,不过手上倒是没怎么用力,媳妇被儿子揽进怀里。

　　"不放人是不是? 那你得给老子说个子丑寅卯!"亲家公怒视着儿子。儿子把媳妇和小囡送回房中,替亲家公拎起行李,嘴里说着:"爸,咱出去说,您放一万个心,我不会委屈她们娘俩的。"

　　梁葵不知道儿子是怎么跟亲家公赌咒发誓的,但亲家公那边确实风平浪静了,没有电话,也没人上门。媳妇也挺安静的,没有兴风作浪,儿子一下班,就钻进主卧室,跟媳妇嘀嘀咕咕地咬耳朵。月嫂把小囡抱出来，瞧一眼梁葵，兀自跟小囡说着话，那眼神依旧是冷冷淡淡的，像大雪后的天空。

没来由地，梁葵觉得惴惴不安，仿佛有个大阴谋，就藏在某个地方，抑或是一串引信被点燃的炮仗，瞬间就会炸裂开来。

果然，小囡刚满四十天，儿子就悄无声息地叫了辆搬家公司的车，要带媳妇和小囡搬走了。月嫂续签了一个月，还看顾着小囡。儿子挑的是老公不在家的时间，还偏偏是一个下雨降温的天，梁葵和婆婆全都傻眼了。婆婆强拉着儿子，儿子只是说："奶奶，我租了间屋，不会让小囡冻着饿着的。"

"出租房里多脏啊，小囡还那么小，怎么经得起？"梁葵急道，眼见得月嫂用一块包被将小囡严严实实地裹好了，跟着媳妇就要往外走。梁葵急赤白脸地一把拉住媳妇，也顾不得许多，张口就许诺："不就是房子吗？妈答应你们，房产证都过到你们名下，成不成？"

媳妇的胳膊明显颤抖了一下，不过她眨眼就镇定下来，平和地说："妈，那是你们家的事，跟我无关。"依旧要走。梁葵心里爆了粗口，想着这媳妇年纪轻轻的，却跟万年狐狸精转世似的，又精又坏，加上她那不要脸的爹，实在是难以对付。

"我跟你爸说一说，我们最近就去办理过户手续，好吗？"梁葵转而拦住儿子，儿子正指挥着工人将打包好的行李搬出去。

"回头再说吧。"儿子不为所动,张罗着迅速将东西码进了车厢。月嫂和媳妇端然坐在车里,媳妇目不斜视,而月嫂瞥一眼车窗外急火攻心的梁葵,露出一个幸灾乐祸的表情。

"阿姨,你帮我劝劝他俩呀!"梁葵病急乱投医,叫着月嫂。

"我说梁老师,搬走了您也好清静清静,好好养胎,"月嫂似笑非笑道,"您好福气,我去年就绝经了,您这身体素质比我可好多了,安心生孩子吧,别的事儿,甭操心了。"

这是什么鬼话!梁葵险些暴怒,她忽然明白过来,这月嫂出生乡野,却置身于繁华的城中,说不定一开头就妒忌着自己貌似养尊处优的状态,因此唯恐天下不乱。

行李不多,儿子跟着两个工人跳进货车厢,梁葵和婆婆眼睁睁看着大货车绝尘而去,面面相觑。

梁葵没有料到,老公坚决不同意将房产过户到儿子名下,理由很简单,父母还没死呢,也没得绝症,况且,凭什么全都给儿子?这不马上就有老二了吗?

"那就先给一半?"梁葵说,"好歹安抚着他们,搬回来住着,别让小囡受罪了。"

"一半也不行,"老公断然道,"别说了,我说不行就不行,世间哪有这样的道理!"

梁葵没辙。

婆婆按捺不住，打电话给儿子，问了出租屋的地址，拎着食盒去了一趟，回来就摇头叹息，跟梁葵说，那屋子是一套房中的一间，朝北，光线差不说，另外几间的租户极其不靠谱，看上去要么像是青楼女子要么像吸毒者。

梁葵去了一趟，当晚噩梦连连，梦见小囡被人给强行抱走，媳妇遭遇强奸，儿子为了拯救妻女，给人一刀刺中胸口，当场血流成河。梁葵惊醒后发了半天的呆。

梁葵给婆婆详细描述了梦境，婆婆吓得脸色灰暗，然后，梁葵请婆婆出面，说服老公满足儿子的意愿。婆婆却不肯，摇着满头白发，坚定地说："明明是他们家指使两个糊涂孩子，生生给你们摆了一道，说什么都不能遂了他们的意，否则将来得寸进尺，没完没了。"

梁葵忍不住冷笑一声，说："房产都给了他们，还有什么没完没了的？难不成让我和他爸卖血卖器官换钱？"婆婆听了，假装糊涂，只忙着问梁葵粉蒸肉底下衬垫土豆还是南瓜。儿子媳妇搬走后，婆婆依旧掌勺，一心一意调理梁葵的饮食。

梁葵作声不得。关键时刻，婆婆依然是老公的亲妈，跟自己无关。老公的不寻常，梁葵看在眼里，婆婆也不是瞎子。但是，梁葵不说，婆婆也同样装糊涂。

老公的诡秘行迹越来越有规律,差不多每隔七八天,最多十天,他就会在中午洗个澡,秃了一大半的脑袋上,所剩不多的头发吹得松松爽爽,换上干干净净的衬衣,然后,当晚必然有应酬,必然晚归。回家以后,还会再洗一次,将衣物尽数更换,再钻进梁葵身边的被窝里。那时,梁葵多半在刷手机,有一晚,梁葵故作戏谑道:"一天洗两遍澡,皮肤受得了?"

"晚饭吃火锅,一身的油烟味儿,你不是不喜欢闻吗?"老公滑进棉被深处,倦慵地说,"不早了,睡吧。"

梁葵关掉壁灯,躺下去。她睡不着。转瞬间,老公已经鼾声如雷。梁葵心里渐渐腾起火焰,她想摇醒老公,质问他跟谁偷情去了,又恨不得当面戳穿他的心思,不肯将房产更名给儿子,岂是简单地考虑到二胎,根本就是给自个儿留后路——房子要是没了,万一哪天要娶外头的女人,上哪儿住去?

想着想着,梁葵浑身燥热,像发高烧一般难受。她轻微地战栗着,拼命咬住嘴唇,用尽所有的力气,将怒火逼回脏腑。她不会发火,不会揭穿,即使与老公和小三迎面相遇,她也必须做到若无其事,微笑着打个招呼,转身离开,绝对不会给他们开口的机会。这种事,谁有本事忍耐到最后,谁才是真正的胜出者。

理智是一回事,可梁葵并非草木或是机器,她亦有失控的时候。老公又一次在午后清清爽爽、气定神闲出门之际,梁葵叫住他,捂住肚子,说自己腹部不适。

老公不解地凝视着她,好一会儿才过来扶她坐下,仿佛刚刚记起她肚子里还有自己精虫上脑后的附属品。梁葵蜷缩着身子,蹙着眉头,一边竭力想象怎么能够装得天衣无缝。

老公一脸烦恼地注视着她,然后,走出房间,开始打电话。梁葵窃喜,以为老公的原定计划会被打乱,她甚至设想下一次要用什么法子绊住老公。没想到老公打完电话,不一会儿,来了一男一女两个学生,都是老公门下的研究生。老公将车钥匙交给男孩,塞给女孩一沓钞票,让他们领着梁葵去医院。

"抱歉,约好的事情,我没办法爽约。"梁葵眼睁睁看着老公换上一双洁净的新袜子,穿鞋拿包,头也不回地出门去了。有两个学生在场,她连痴缠的机会都没有,她不能让他们看到一个歇斯底里的师母。

老公不在,梁葵犯不着继续装肚子痛,她找借口打发了老公的两个研究生。那日天气很好,深秋的阳光像细细滤过的金沙,铺展一地。梁葵换了床单被套,用手大力搓,不用洗衣机。洗着洗着,腰腹当真不适了。她直起腰,满是泡沫的手撑着雪白的墙壁,茫然无措。

婆婆突然走了过来,捞起盆里湿答答的棉织物,放进了洗衣机。她呆呆地伫立着,看着婆婆手里的动作。婆婆摇摇头,笑了一笑,拉她一下,让她在餐桌前坐下来,给她端过来一碗银耳羹。她机械地一小勺一小勺吃起来,食物并不能疗愈她的伤,但是,她想起婆婆的手。婆婆拉着她的手往餐厅走的时候,就像牵着一个迷路的孩子。婆婆的手轻暖,脂肪与水分都很稀少,皱纹全都绷了起来,倒像一块柔软的旧棉布。这样的手,触感是不错的。

梁葵伸展自己的手,手背处,有几点不太分明的褐色沉淀,那是即将清晰起来的老年斑。大约半年前,梁葵就发现了这些褐色斑纹,她感到惊恐。此刻,婆婆的手让她觉得衰老也不是太恐怖,一双凉薄、枯萎的手,像梧桐树的落叶,轻盈地、干脆地随风坠下。看上去很美。

老公没有刻意给两个研究生交代要保密,这样,梁葵高龄二胎的消息,学院里从学生到老师,渐渐地流传开来,被当成了励志的典型。当面恭喜的人络绎不绝,取经的也有,羡慕的也有,更多的,则是艳羡梁葵与老公的恩爱。后面这一点,梁葵和老公以中国人的内敛含蓄,自然是矢口否认。不过,梁葵的否认是羞赧无力的、欲说还休的、欲盖弥彰的,而老公却有斩钉截铁的意思。梁葵亲耳听见老公在人家道贺的时候辩解:"……那都是梁葵想要……"

仿佛那是单性繁殖的奇迹,仿佛急于撇清自己。事后梁葵质疑老公,老公笑笑道,就那么一说,有啥好计较的。梁葵还真是不计较。

她感觉自己的婚姻陷入了黑夜,不是满城灯火的那种夜,而是停电以后,伸手不见五指的黑暗,没有光,没有任何触目可见的东西。

老公的外出更加频密了,老公不在的那些夜晚,梁葵在家里待不住,总想做点儿什么,却什么都不能做,只能沿着校园里阔大的操场一圈一圈地走着。她戴着耳塞,听着歌,她喜欢《布列瑟农》,忧伤缓慢的旋律,以及不太能完全听懂的歌词。她的英文不是太好,反而更加热衷英文歌,带点隔膜的歌词就像遥远模糊的手势,会让心里的难过蔓延得愈发透彻。

走得累了,回到家,困倦地躺在床上,翻来覆去的,没法入睡,她重新开灯,用 Kindle 读书,她找了一些玄幻小说,尤其是修仙一类的,以往最为不可理喻的题材,反倒令她沉迷进去。唯其如此,才能克制住各种疯狂的念头,譬如怎么能神不知鬼不觉地杀掉老公。她的百度搜索记录里,反复出现了若干跟杀人不留痕迹相关的关键词。

她记得那些所谓的婚恋专家说过一段流行语,大意是,无论多么相爱的夫妻,一生中都会数次出现想杀死伴侣的恶念。她想,这不足以解释一切。她爱过老公,爱了,也过了,这个男人,已经不能激起她荡气回肠的感情。现在,她恨他,这恨,并非因爱生恨,而是一种简单的、不被尊重的后果。作为某种关系的共同体,他竟然轻视她的存在,这就足够让她恨得咬牙切齿。

与此相反的是,对于从前恨之入骨的婆婆,她倒是没那么在乎了。除了上课,她终日在家,婆婆整个白天也都待在她身边。婆婆兴兴头头地忙乎着,泡着紫草膏,织着小衣服,裁剪着尿布,当婆婆清洗曝晒儿子用过、小囡也用过的大洗澡盆时,梁葵发笑了,她说:"这也太早了吧。"

"不早的,现在清理一遍,生之前再清理一遍,刚好,"婆婆胸有成竹,"时间很快的,看着吧,几季花一开过,也就瓜熟蒂落了。"

梁葵听了,虚眯起双眼,顺着婆婆的思路,想着那些花,桂花落了,该是芙蓉花,芙蓉谢了,梅花慢慢地香起来,到迎春花柔柔润润地绽放开来,接着,就是杜鹃花开满校园,那时候,腹中的宝宝就该出来了。

转瞬间,梁葵想到,孩子生出来以后,老公还会一如既往地持续他的约会大计吗?她真想跟谁探讨一下这个话题,其实婆婆是最佳人选。但是,婆婆对于她的消沉和落寞,似乎视而不见。有时她故意挑起话头,婆婆也不过泛泛地说几句:"别想多了,凡事看开一点儿,天塌不下来,没有什么是过不去的。"

　　梁葵想着,也许,她所经历的一切,婆婆都曾经历过。在婆婆的眼里,人生只剩归途。陌上花开,缓缓归矣。那种情态,再没有什么足以惊心动魄,也再不相信什么是永垂不朽。

　　婆婆做了好吃的,会分出一份,送去儿子的出租屋。媳妇对奶奶是很接纳的,毕竟老人家毫不迟疑地将房产过户给了他们,房产证上有儿子的名字,也有媳妇的名字,完全没有考虑儿子的私人财产什么的。婆婆每次去,都会待上大半天,帮着料理家务。

　　纵然儿子使性子,谢绝了爹娘的经济援助,但确实立马就捉襟见肘了,月嫂辞掉,用了一个钟点工,小囡就得媳妇全职照看。偏偏小囡是育儿书里说的那种高需求宝宝,爱哭爱闹,又遇见了肠绞痛,媳妇不分昼夜地抱着,小囡哭,她也哭,已经有了产后抑郁的征象。

　　婆婆这一去,媳妇像是抓住了救命稻草,逐渐地,梁葵也跟着登门。多去几次,一切就顺理成章了。这样,婆婆和梁葵每天一早就赶去儿子的出租屋,到晚上再回家。儿子中途回来,碰到她们,也没说什么,一家子挤在狭小的出租屋里,倒是其乐融融。梁葵跟婆婆商量着,又劝说儿子媳妇搬到婆婆的小屋,儿子态度强硬了一阵子，终究抵挡不住出租屋的脏和吵，竟也答应下来，从出租屋里撤了兵，搬进了婆婆的屋里，那房子其实在产权归属上已经属于儿子媳妇，也算是名正言顺。婆婆顺理成章地搬到了梁葵和老公家里，兜兜转转了一大圈，梁葵的生活里，好像就剩下了婆婆。

这样，除了儿子和老公，其他人都按部就班地过了起来。老公拒绝去儿子那里，儿子也绝对不回家中。父子俩剑拔弩张地对抗着。一场女人戏演变成了男人的战争。梁葵三番五次试图缓解他们之间僵持的气氛，全然无效。婆婆倒是看得开，婆婆抱着小囡的时候，对梁葵说："看着吧，会跑会跳了，她那爷爷，就算铁石心肠，也架不住小囡叫一声爷爷。"梁葵寻思一回，婆婆的道理是对的。她又何苦赶在眼前非得有个结果呢。

儿子媳妇住得近了，梁葵和婆婆也就不用成天消耗在那里，等小囡入睡，她们便回到自家歇息歇息。婆婆闲不住，拾掇着家事，梁葵凝视着她缓慢的身影。婆婆做事是慢性子，再急的事，也能慢条斯理地收拾得清清爽爽的。不像梁葵麻利，过去梁葵老嫌弃婆婆动作拖延，她受不了婆婆慢吞吞的方式，如今却发觉婆婆这性情方能天长地久，无论多么煎熬，慢慢地，也就耗过去了。她竟习惯了以观看的心态瞩目着婆婆的行止，看着她一点一点地擦拭花瓶，心平气和地点起线香，一针一针地做着绣活儿，像渐渐西斜的阳光，是悄然地、徐缓地、不易察觉地移动着，有一种让人安宁的稳妥与镇定，即便这稳妥与镇定是自欺欺人的，梁葵也觉得其好。

　　有一夜，凑巧老公出差，儿子也随剧组去了外地踩景，婆婆早早睡下了。梁葵接到媳妇的电话，媳妇惊慌失措地告诉她，小囡发烧，突然抽搐了。

　　梁葵赶紧跟媳妇连夜将小囡送到医院急诊室，一通化验拍片，确定是肺炎，立刻入院输液。小囡太小，医生从头皮给扎了针，嘱咐她们看紧了，孩子稍一挣扎，针头就会滑溜出来。

　　梁葵和媳妇熬了个通宵，轮流抱着小囡，小囡哭闹不止，她俩一人抱着，一人哄着，又是惊吓又是心疼又是疲惫。到了清晨，婆媳俩的脸色都是惨白的。媳妇更是哭得眼睛都肿了。梁葵不住地说些儿子小时候生病时的骇人情景，宽慰媳妇。

　　婆婆到早晨才知晓，急急忙忙地熬了粥给她们送来。小囡好不容易睡着了，躺在媳妇的胳膊里，眼角还挂着泪珠。夜里出门急，小囡的奶粉尿不湿都没带，婆婆又赶着回去取。梁葵陪着媳妇留在病房里，一眨不眨地望着小囡的小脸儿，等着医生前来查房。

　　这当儿，儿子的电话打过来，铃声竟然没把小囡吵醒。儿子临走，小囡就有些咳嗽打喷嚏，儿子是知道的，到底不放心，一早就打电话来问情形。

"妈陪我带小囡来看医生了,"媳妇一手抱着小囡,一手举着手机,轻声说,"医生说是普通感冒,不要紧的,你安心忙你的。"

媳妇撒了谎,梁葵却是丝毫不怪她,这一瞬间,甚至突然生出了感激的心。梁葵感激眼前这个纤弱的女子,因为人家分明是深爱着她的儿子。

媳妇看了梁葵一眼,那眼神里透露着某种请求。梁葵默契地接过手机,对儿子说:"你别操心,小孩子,哪有不犯个头疼脑热的,正常着呢,医生给开了药,照药方吃就成。"

儿子放心地挂断电话。梁葵和媳妇重新静默下来,疼惜地凝视着小囡。媳妇揉了揉腰,梁葵伸出手,接过小囡,她说:"你去歇一歇吧。"媳妇说:"妈可别累着了。"媳妇看了一眼梁葵的小腹。

梁葵知晓,在无数虚情假意的时刻中,起码,这一刻,她们对彼此都是真心的。因为,她们用力地爱着同一个人,梁葵的儿子,媳妇的老公。不对,还有小囡。她们同时全身心地、用力地爱着小囡。在强大的爱的面前,所有的敌意都会在某些特殊的时刻灰飞烟灭。

怀孕到了十二周,需要到医院去建卡,做 NT 之类的系统检查。梁葵的早孕反应已经早早地消失,不吐不恶心,胃口也恢复到了常态。午后一过,她就不想进食,婆婆强迫她吃些东西,她就会堵得慌。只有过午不食,才能让她保持舒服的状态。

梁葵跟自己的同学徐大夫联系了,约定了时间。徐大夫让她下午去,下午医院里相对人会少一些。梁葵提前告诉了老公,老公却没有陪她的意思。那天,恰好又是老公的神秘约会日,老公洗了澡,梁葵也冲洗了一遍,洗完澡再去体检,梁葵觉得这是对大夫应有的礼貌。

然后,她和老公一道出门。老公开车朝南,梁葵打了滴滴,朝北。两辆车在小区门口分道扬镳的时候,梁葵感到一种滑稽的戏剧性。她想,应该再来一场瓢泼大雨。奇怪的是,梁葵没有一丝悲伤。

婆婆在家煲汤,是费时费力的一道汤品,又做了一些梁葵喜欢的小食。婆婆还不知道,梁葵已经不像前一阶段那么馋得慌。

徐大夫在做手术,事先已经安排了护士领着梁葵办理手续和缴费。梁葵插队做了 B 超,B 超做的时间很长,超出了梁葵的预期。最后,好几位大夫围过来,一起查看屏幕。陪同梁葵的护士告诉人家,这是徐大夫的同学。气氛越发严肃,更多的大夫围拢过来,梁葵心里发慌,猜测着胎儿有缺陷,或是三胞胎四胞胎甚至五胞胎。她做好了接纳一切的思想准备。

最后，刚下手术室的徐大夫被叫了过来，确认了一些信息之后，徐大夫把梁葵带到自己的办公室，单独告诉她，胎儿在两周以前就已经停止发育，简称胎停育。

"这是什么意思?"梁葵不太懂得，她想着，晚上使劲吃饭喝汤吧，就像婆婆种植的那些花草，给大太阳晒得发蔫了，得加倍浇水才成。

徐大夫怜惜地看着她，选择了委婉但清晰的字眼，让梁葵弄清楚了胎停育的含义，那就是，肚子里的胎儿已经死亡多日。

"嗨，我这岁数，本来就没指望再要一个，这也是天意。"梁葵记得自己当时极其轻松地对徐大夫说道，她这大大咧咧的态度，让徐大夫放了心，拍了拍她，叫护士带着她尽快入院引产，转身忙着去做一台急诊手术。

梁葵办好了住院手续，向管床大夫请了假，说是要回去一趟，第二天早上过来用药。大夫答应了。梁葵走出医院，走在下班的人群中。不知怎么的，她心里老是不踏实。她反复做着心理建设，她对自己说，这孩子是意外的产物，原本她对胎儿就没有太大的兴趣，高龄产子的风险她都知道，她没有冒险的勇气和必要，她根本就不是想着再要一个孩子，而是想让生活有所改变，想要修复与老公的关系，让他们的感情变得有希冀。既然胎儿没有起到这样的作用,也就没有存在的必要了。

　　越是这么想着,她越是没来由地心慌。她突然渴望回家。她知道,婆婆一定是在家里,守着一锅汤,细火慢炖,等待她回去。她打了一辆滴滴,在塞车的高峰期艰难地行进在回家的路途中。

　　指纹锁已经坏了很久,没有修理,她又忘记了带钥匙。她敲了敲门,等候婆婆缓步走来应门。门里,只有婆婆在。这个家,除了婆婆,其他的人,老公、儿子,仿佛也都在,仿佛又都不在。其实,活过了中年,已然进入过午不食的状态,生命宛如午后的餐桌,已经没有什么是值得期待的,也没有什么是不可以失去的,难以割舍的,不过是一份情怀罢了。而情怀,往往是最容易消散的。这真是一个悖论。

　　门开了,露出婆婆皱巴巴的脸。婆婆笑眯眯地说:"回来了?我盛了一碗汤,你趁热喝。"说着,婆婆一边侧身让她进去,一边习惯性地伸手想要接过她手中的包。就在这时,猝不及防,梁葵泪如雨下。她掩饰地倾身向前,抱住婆婆瘦弱的肩膀,喉头发哽,却不知道从何说起,不过是抽泣着叫了一声:"妈。"